CUENTOS
— de —
JAPÓN

CUENTOS de JAPÓN

Historias tradicionales de monstruos y magia

ILUSTRACIONES DE
Kotaro Chiba

MADRID - MÉXICO - BUENOS AIRES - SANTIAGO
2023

Título original: *Tales of Japan. Traditional Stories of Monsters and Magic*

© 2019. Ilustraciones de interior: Kotaro Chiba
© 2023. De esta edición, Editorial Edaf, S.L.U., por acuerdo con Chronicle Books LLC, 680 Second Street, San Francisco, California 94107, USA, representados por ACER Agencia Literaria, Amor de Dios, 1, 28014, Madrid, España
© De la traducción: José Antonio Álvaro Garrido

Jorge Juan, 68. 28009 Madrid, España
Teléfono: +34 91 435 82 60
http://www.edaf.net

ALGABA EDICIONES, S.A. de C.V.
Calle 21, Poniente 3323, Colonia Belisario Domínguez
(entre la 33 Sur y la 35 Sur)
Puebla, 72180, México
Teléfono: 52 22 22 11 13 87
jaime.breton@edaf.com.mx

EDAF DEL PLATA, S. A.
Chile, 2222
1227 Buenos Aires, Argentina
edafdelplata@gmail.com
fernando.barredo@edaf.com.mx
Teléfonos: +54 11 4308-5222 / +54 9 11 6784-9516

EDAF CHILE, S. A.
Huérfanos, 1179, Oficina 501
Santiago, Chile
comercialedafchile@edafchile.cl
Teléfonos: +56 9 4468 0539/ +56 9 4468 0537

Noviembre 2023

ISBN: 978-84-414-4259-7
Depósito legal: M-22830-2023

PRINTED IN SPAIN   IMPRESO EN ESPAÑA

COFÁS

—Akinosuké debía de estar soñando —exclamó uno de ellos, riendo.
—¿Qué has visto, Akinosuké, que tan extraño era?

LAFCADIO HEARN
«El sueño de Akinosuké»

ÍNDICE

JUSTICIA 120

FUENTES 166

VIAJES

EL SUEÑO DE
AKINOSUKÉ

En el distrito llamado Toichi, en la provincia de Yamato, vivía un *gōshi* llamado Miyata Akinosuké... (Aquí debo explicarles que en la época feudal japonesa existía una clase privilegiada de soldados-agricultores, dueños de sus propios predios, semejantes a los hidalgos españoles, y estos eran llamados *gōshis*).

En el jardín de Akinosuké había un gran cedro centenario bajo el cual solía descansar en los días calurosos.

Una tarde muy calurosa estaba sentado bajo este árbol con dos de sus amigos, *gōshis* como él, charlando y bebiendo vino, cuando de repente se sintió muy somnoliento, tan somnoliento que rogó a sus amigos que le disculparan por echarse una siesta en su presencia. Acto seguido, se acostó al pie del árbol y soñó lo siguiente:

Tuvo el sueño de que, mientras estaba tumbado en su jardín, veía pasar una procesión, semejante a la comitiva de algún gran daimio (señor), que descendía por una colina cercana, y se levantó para observarla. Era una procesión grandiosa, más imponente que cualquier otra que hubiera visto antes, y se dirigía hacia su casa. En vanguardia de la procesión, vio a varios jóvenes ricamente ataviados que tiraban de un gran carruaje noble lacado, o *gosho-guruma*, adornado con seda azul brillante. Cuando la comitiva llegó a poca distancia de la casa, se detuvo, y un hombre de ricas vestimentas —evidentemente, una persona de alto rango— se destacó de la misma, se llegó hasta Akinosuké, le dedicó una profunda reverencia, y luego dijo:

—Honorable señor, está usted ante un *kérai* (vasallo) del Kokuō de Tokoyo[1]. Mi señor, el Rey, me ordena que le salude en su augusto nombre y que me ponga a su entera disposición. También me ruega que le informe de que requiere augustamente su presencia en palacio. Por tanto, tenga la bondad de subir inmediatamente a este honorable carruaje, que ha enviado para que sea su transporte.

Al oír tales palabras, Akinosuké quiso dar una respuesta adecuada, pero estaba demasiado asombrado y embarazado como para hablar, y en ese preciso instante, su voluntad pareció desvanecerse, de modo que solo pudo hacer lo que el *kérai* le ordenaba. Entró en el carruaje; el *kérai* se colocó a su lado e hizo una señal; los cocheros, agarrando las riendas de seda, hicieron girar el gran vehículo hacia el sur; y así comenzó el viaje.

Al poco rato, ante el asombro de Akinosuké, el carruaje se detuvo frente a un enorme portal de dos pisos (*rōmon*), de estilo chino, que nunca antes había visto. Allí se apeó el *kérai*, diciendo:

—Voy a anunciar su honorable llegada.

Y desapareció.

Al cabo de un rato de espera, Akinosuké vio salir por la puerta a dos hombres de aspecto noble, vestidos con túnicas de seda púrpura y gorros altos que indicaban un alto rango. Estos, después de saludarle respetuosamente, le ayudaron a descender del carruaje y le condujeron a través de la gran puerta y de un amplio jardín hasta la entrada de un palacio cuya fachada parecía extenderse, al oeste y al este, hasta kilómetros de distancia. Akinosuké fue llevado a una sala de audien-

---

[1] El nombre *Tokoyo* es un término impreciso. Según las circunstancias, puede referirse a cualquier país desconocido, o ese país por descubrir de cuya frontera ningún viajero regresa, o a ese País de las Hadas de las fábulas del Lejano Oriente, el Reino de Hōrai. El término *Kokuō* designa al gobernante de un país, es decir, un rey. La frase original, *Tokoyo no Kokuō*, podría traducirse aquí como el *Gobernante de Hōrai*, o como el *Rey del País de las Hadas*.

cias de gran tamaño y esplendor. Sus guías le condujeron al lugar de honor y se sentaron respetuosamente aparte, mientras las servidoras, vestidas de ceremonia, le traían refrescos. Una vez que Akinosuké hubo tomado el refrigerio, los dos asistentes, vestidos de púrpura, se inclinaron ante él y le dirigieron las siguientes palabras, cada uno hablando alternativamente, según la etiqueta cortesana:

—Es ahora nuestro honorable deber informarle...

—...de la razón por la que ha sido convocado aquí.

—Nuestro señor, el Rey, desea augustamente que se convierta en su yerno... y es su deseo y orden que se case hoy mismo...

—...con la Augusta Princesa, su hija doncella.

—Pronto le conduciremos a la Sala de Audiencias, donde Su Augusta Majestad lo espera para recibirle...

—Pero será necesario que antes le ataviemos...

—...con las vestiduras de ceremonia apropiadas[2].

Tras estas palabras, los asistentes se levantaron a la vez para dirigirse a una estancia que contenía un gran cofre de oro lacado. Abrieron dicho cofre y sacaron de él varias túnicas y fajas de rico material, así como un *kamuri*, o tocado real. Vistieron a Akinosuké con ellos, tal como correspondía a un novio principesco, y luego lo condujeron a la sala de audiencias, donde vio al Kokuō de Tokoyo sentado en la *daiza*[3], con un alto gorro negro de estadista y ataviado con ropajes de seda amarilla. Delante de la *daiza*, a izquierda y derecha, una multitud de dignatarios se hallaban sentados en fila, inmóviles y espléndidos como imágenes en un templo; y Akinosuké, avanzando entre ellos, saludó al rey con la triple postración al uso. El rey le recibió a su vez con amables palabras, antes de decirle:

---

[2]   La última frase, según la antigua costumbre, debía ser pronunciada por ambos asistentes al mismo tiempo. Todas estas convenciones ceremoniales aún pueden estudiarse en los usos japoneses.

[3]   Este era el nombre que recibía el estrado, o tarima, en el que un príncipe feudal o gobernante se sentaba. El término significa literalmente «gran asiento».

—Ya has sido informado de la razón por la que has sido convocado a Nuestra Presencia. Hemos decidido que te conviertas en el esposo elegido de Nuestra única hija, y ahora se celebrará la ceremonia nupcial.

En cuanto el rey terminó de hablar, se oyeron los sones de música alegre; y una larga hilera de hermosas damas de la corte avanzó, saliendo desde detrás de una cortina, para conducir a Akinosuké a la habitación en la que le esperaba su novia.

La sala era inmensa, pero apenas podía albergar a la multitud de invitados reunidos para presenciar la ceremonia nupcial. Todos se inclinaron ante Akinosuké cuando este ocupó su lugar, frente a la hija del Rey, en el reclinatorio preparado para él. La novia parecía una doncella del paraíso; y sus vestidos eran hermosos como un cielo de verano. Y el matrimonio se celebró en medio de un gran regocijo.

Después, la pareja fue conducida a unos aposentos que les habían preparado en otra parte del palacio, donde recibieron las felicitaciones de muchos nobles e incontables regalos de boda.

Algunos días después, Akinosuké fue convocado de nuevo al salón del trono. En esta ocasión fue recibido aún más gentilmente que antes; y el Rey le dijo:

—En la parte suroeste de nuestros dominios se halla una isla llamada Raishū. Ahora, te hemos nombrado Gobernador de dicha isla. Encontrarás que su gente es leal y dócil; pero sus leyes aún no han sido debidamente armonizadas con las leyes de Tokoyo; y sus costumbres no han sido reguladas por completo. Te confiamos el deber de mejorar su condición social en la medida de lo posible, y deseamos que los gobiernes con amabilidad y sabiduría. Ya se han hecho todos los preparativos necesarios para tu viaje a Raishū.

Así que Akinosuké y su esposa partieron del palacio de Tokoyo, acompañados hasta la orilla por una gran escolta de nobles y funcionarios. Y embarcaron en un navío estatal proporcionado por el rey. Con vientos favorables, navegaron con seguridad hasta Raishū, y encontraron a la buena gente de esa isla reunida en la playa para darles la bienvenida.

Akinosuké asumió de inmediato sus nuevas obligaciones, que no le resultaron difíciles. Durante los tres primeros años de su gobierno, se ocupó principalmente de la elaboración y promulgación de leyes, pero contaba con la ayuda de sabios consejeros y el trabajo no le resultó desagradable en ningún momento. Cuando todo estuvo terminado, no le quedó ninguna tarea activa que realizar, más allá de asistir a los ritos y ceremonias que dictaba la antigua costumbre. El país era tan salubre y tan fértil que no se conocían las enfermedades ni las penurias; y la gente era tan bondadosa que nunca se infringían las leyes. Akinosuké vivió y gobernó en Raishū durante veinte años más, en total veintitrés años de estancia, durante los cuales no hubo sombra de tristeza en su vida.

Pero, durante el vigésimo cuarto año de su gobernación, le sobrevino una gran desgracia, pues su esposa, que le había dado siete hijos —cinco varones y dos hembras—, enfermó y murió. Fue enterrada, con gran pompa, en la cima de una hermosa colina del distrito de Hanryōkō y sobre su tumba se colocó un monumento sumamente espléndido. Pero Akinosuké sentía tal dolor por su muerte que ya no le importaba vivir.

Cuando terminó el período legal de luto, llegó a Raishū, procedente del palacio Tokoyo, un shisha, o mensajero real. El *shisha* entregó a Akinosuké un mensaje de condolencia, y luego le dijo:

—Estas son las palabras que nuestro augusto señor, el Rey de Tokoyo, ordena que te repita: «Ahora te enviaremos de vuelta a vuestro propio pueblo y país. En cuanto a los siete niños, son nietos y nietas del Rey, y serán cuidados como es debido. No permitas, por lo tanto, que tu mente se turbe por lo que pueda ser de ellos».

Al recibir tal mandato, Akinosuké se preparó con mansedumbre para la partida. Una vez puestos en orden todos sus asuntos y concluida la ceremonia de despedida de sus consejeros y oficiales de confianza, fue escoltado con muchos honores hasta el puerto. Allí embarcó en el navío que le habían enviado; y el navío zarpó por el mar azul bajo el cielo azul; y la forma de la propia isla de

Raishū se volvió azul, y luego se tornó en gris, y por último desapareció para siempre... ¡Y Akinosuké despertó de repente bajo el cedro de su jardín!

Por un momento se quedó estupefacto y aturdido. Pero vio que sus dos amigos seguían sentados cerca de él, bebiendo y charlando alegremente. Los miró perplejo y gritó con voz fuerte:

—¡Qué extraño!

—Akinosuké debía de estar soñando —exclamó uno de ellos, riendo—. ¿Qué has visto, Akinosuké, que tan extraño era?

Entonces, Akinosuké les contó su sueño, aquel sueño de tres y veinte años de estancia en el reino de Tokoyo, en la isla de Raishū; y los otros se quedaron asombrados, porque en realidad no había dormido más que unos minutos.

Un *gōshi* dijo:

—En efecto, presenciaste cosas extrañas. También nosotros vimos algo curioso mientras echabas la siesta. Una pequeña mariposa amarilla revoloteó sobre tu cara durante un momento o dos, y la observamos. Luego se posó en el suelo, a tu lado, cerca del árbol; y casi tan pronto como se posó allí, una hormiga muy, muy grande salió de un agujero y la agarró y la arrastró hacia el agujero. Justo antes de que te despertaras, vimos que esa misma mariposa volvía a salir del agujero y revoloteaba sobre tu cara como antes. Y luego desapareció de repente: no sabemos adónde fue.

—Tal vez fuera el alma de Akinosuké —dijo el otro *gōshi*—, lo cierto es que me pareció verla volar hacia su boca. Pero, aunque esa mariposa fuera el alma de Akinosuké, tal hecho no explicaría su sueño.

—Las hormigas podrían tener la explicación —respondió el que primero había hablado—. Las hormigas son seres extraños, tal vez duendes. En todo caso, hay un gran hormiguero bajo ese cedro.

—¡Miremos ahí! —gritó Akinosuké, muy conmovido por esta sugerencia. Y fue a por una pala.

El suelo alrededor y debajo del cedro resultó haber sido excavado, de la manera más sorprendente, por una prodigiosa colonia de hormigas. Las hormigas, además, habían construido dentro de sus excavaciones, y sus diminutas edificaciones de paja, arcilla y tallos tenían un extraño parecido con ciudades en miniatura. En el centro de una estructura considerablemente mayor que el resto, se veía una tremenda actividad de hormigas pequeñas, que pululaban alrededor del cuerpo de una hormiga muy grande, que tenía alas amarillentas y una gran cabeza negra.

—¡Vaya, ahí está el Rey de mi sueño! —gritó Akinosuké—. ¡Y ahí está el palacio de Tokoyo!... ¡Qué extraordinario!... Raishū debería de estar en algún lugar al sudoeste de él, a la izquierda de esa gran raíz... ¡Sí! ¡Aquí está!... ¡Qué extraño! Ahora estoy seguro de que puedo encontrar la montaña de Hanryōkō, y la tumba de la princesa...

Buscó y rebuscó entre los restos del nido, y al final descubrió un pequeño montículo, en cuya cima había un guijarro pulido por el agua, cuya forma se asemejaba a la de un monumento budista. Debajo encontró, incrustado en la arcilla, el cadáver de una hormiga reina.

LA MEDUSA
Y EL MONO

Hace mucho tiempo, en el antiguo Japón, el Reino del Mar estaba gobernado por un Rey maravilloso. Se llamaba Rin Jin, o el Rey Dragón del Mar. Su poder era inmenso, pues gobernaba sobre todas las criaturas de los mares, tanto grandes como pequeñas, y tenía en su poder las Joyas de las Pleamares y Bajamares. La Joya de las Bajamares, cuando se arrojaba al océano, hacía que el mar se alejara de la tierra, y la Joya de las Pleamares hacía que las olas se elevaran a gran altura y afluyeran a la costa como un maremoto.

El Palacio de Rin Jin estaba en el fondo del mar y era tan hermoso que nadie había visto nunca nada igual, ni siquiera en sueños. Las paredes eran de coral, el techo de piedra de jade y crisoprasa, y los suelos del más fino nácar. Pero el Rey Dragón, a pesar de su extenso reino, su hermoso palacio y todas sus maravillas, y su poder, que nadie discutía en todo el mar, no era feliz en absoluto, pues reinaba en soledad. Así que por fin pensó que si se casaba no solo sería más feliz, sino también más poderoso. Por lo tanto, decidió casarse. Reunió a todos sus peces y eligió a varios de ellos como embajadores para que recorrieran el mar en busca de una joven princesa dragón que pudiera ser su esposa.

Al cabo, regresaron a Palacio trayendo consigo a una joven y encantadora dragona. Sus escamas eran de un verde reluciente, como las alas de un escarabajo de verano. Sus ojos despedían destellos de fuego y vestía preciosos atuendos. Todas las joyas del mar adornaban estos últimos en bordados.

El Rey se enamoró de ella al instante y la ceremonia nupcial se celebró con gran esplendor. Todos los seres vivos del mar, desde las grandes ballenas hasta los pequeños camarones, acudieron en bancos para felicitar a los novios y desearles una larga y próspera vida. Jamás se había visto en el mundo de los peces una reunión tan numerosa ni una fiesta tan alegre. La fila de portadores que llevaban las posesiones de la novia a su nuevo hogar parecía cruzar las olas de un extremo a otro del mar. Cada pez portaba una linterna fosforescente e iba vestido con ropas ceremoniales, de azul resplandeciente, rosa y plata; y las olas, al levantarse, caer y romperse aquella noche, parecían masas ondulantes de fuego blanco y verde, pues el fósforo brillaba con doble resplandor en honor del acontecimiento.

Durante algún tiempo, el Rey Dragón y su esposa vivieron muy felices. Se amaban entrañablemente, y el novio se deleitaba día tras día, mostrando a su novia todas las maravillas y tesoros de su Palacio de coral, y ella nunca se cansaba de pasear con él por sus vastos salones y jardines. La vida les parecía a ambos como un largo día de verano.

Así transcurrieron dos meses, hasta que la Reina Dragón cayó enferma y tuvo que guardar cama. El Rey se preocupó mucho al ver a su preciosa esposa tan enferma, e inmediatamente mandó llamar al médico de los peces para que viniera a darle algunas medicinas. Dio órdenes especiales a los sirvientes para que la cuidaran con esmero y la atendieran con diligencia, pero, a pesar de todos los asiduos cuidados de las enfermeras y de las medicinas que le recetó el médico, la joven Reina no mostraba signos de recuperación, sino que empeoraba a cada día que pasaba.

Por tanto, el Rey Dragón interrogó al médico y le reprochó no haber curado a la Reina. El médico se alarmó ante el evidente disgusto de Rin Jin, y excusó su falta de habilidad diciendo que, aunque conocía el tipo de medicina adecuado para dar a la enferma, era imposible encontrarla en el mar.

—¿Quieres decirme que no puedes conseguir la medicina aquí? —preguntó el Rey Dragón.

—¡Es exactamente eso! —replicó el doctor.

—Dime qué es lo que precisas para curar a la Reina —exigió Rin Jin.

—¡Necesito el hígado de un mono vivo! —respondió el doctor.

—¡El hígado de un mono vivo! Desde luego, eso será muy difícil de conseguir —dijo el Rey.

—Si pudiéramos obtener eso para la Reina, Su Majestad se recuperaría pronto —aseguró el médico.

—Muy bien, eso zanja la cuestión; debemos conseguirlo de un modo u otro. Pero ¿dónde es más probable que encontremos un mono? —preguntó el Rey.

Entonces, el doctor contó al Rey Dragón que, a cierta distancia hacia el sur, había una Isla de los Monos donde vivían muchísimos de esos seres.

—Ojalá se pudiera capturar a uno de esos monos —dijo el doctor.

—¿Cómo podría alguien de mi pueblo capturar a un mono? —dijo el Rey Dragón, más que desconcertado—. Los monos viven en tierra firme, mientras que nosotros vivimos en el agua; ¡y fuera de nuestro elemento estamos bastante impotentes! No sé qué podemos hacer.

—Esa también ha sido mi propia dificultad —dijo el doctor—. Pero seguro que, entre sus innumerables sirvientes, podréis vos encontrar a uno que pueda ir a la orilla para ese propósito concreto.

—Algo hay que hacer —dijo el Rey.

Y, llamando a su mayordomo, le consultó sobre el asunto.

El mayordomo se lo pensó un rato y luego, como si le hubiera asaltado un pensamiento repentino, dijo lleno de contento:

—¡Ya sé lo que tenemos que hacer! Ahí tenemos al kurage (medusa). Es muy feo de ver, pero está orgulloso de poder caminar por tierra a cuatro patas como una tortuga. Enviémosle a la Isla de los Monos a atrapar uno.

Convocaron por tanto a la medusa a presencia del Rey, y Su Majestad le dijo lo que se le pedía.

La medusa, al enterarse de la inesperada misión que se le iba a encomendar, se mostró muy preocupada y dijo que nunca había estado en la isla en cuestión, y que, como nunca había tenido experiencia en la captura de monos, temía no poder conseguir uno.

—Bueno —dijo el mayordomo—, si apuestas por tu fuerza o destreza nunca atraparás a un mono. La única manera de conseguirlo es gastándole una jugarreta.

—¿Cómo podría gastarle una jugarreta a un mono? No sé cómo hacerlo —dijo la medusa, perpleja.

—Esto es lo que debes hacer —le contestó el astuto mayordomo—. Cuando te llegues hasta la Isla de los Monos y te encuentres con algunos de ellos, debes intentar hacerte muy amigo de uno. Dile que eres un sirviente del Rey Dragón, e invítale a venir a visitarte y a ver el Palacio del Rey Dragón. Trata de describirle tan vívidamente como puedas la grandeza del Palacio y las maravillas del mar para despertar su curiosidad y hacer que anhele verlo todo.

—Pero ¿cómo voy a traer al mono hasta aquí? Ya sabes que los monos no nadan —contestó la medusa a regañadientes.

—Debes traerlo a cuestas. ¿De qué sirve tu caparazón si no puedes hacer algo así? —contestó el mayordomo.

—¿No pesará mucho? —preguntó en respuesta el kurage.

—Eso no debe detenerte, pues trabajas para el Rey Dragón —respondió el mayordomo.

—Lo haré lo mejor que pueda —dijo la medusa.

Se alejó nadando del Palacio y se puso en marcha hacia la Isla de los Monos. Nadando velozmente, llegó a su destino en pocas horas, y llegó hasta la orilla gracias a la ola adecuada. Al mirar a su alrededor, vio, no muy lejos, un gran pino de ramas gachas, en una de las cuales había justo lo que buscaba: un mono vivo.

«¡Estoy de suerte!», pensó la medusa. «¡Ahora debo halagar a esa criatura y tratar de atraerla para que vuelva conmigo a Palacio, y así la parte que me toca estará cumplida!».

La medusa se dirigió con lentitud hacia el pino. En aquellos tiempos, la medusa tenía cuatro patas y un caparazón duro como el de una tortuga. Cuando llegó al pino, alzó la voz y dijo:

—¿Cómo estás, Sr. Mono? ¿Verdad que hace un día precioso?

—Un día muy bonito —respondió el mono desde el árbol—. Nunca te había visto antes por esta parte del mundo. ¿De dónde vienes y cómo te llamas?

—Mi nombre es kurage o medusa. Soy uno de los sirvientes del Rey Dragón. He oído hablar tanto de vuestra hermosa isla, que he venido a propósito para verla —respondió la medusa.

—Me alegro mucho de conocerte —dijo el mono.

—Por cierto —añadió la medusa—, ¿has visto alguna vez el Palacio del Rey Dragón del Mar, que es donde yo vivo?

—He oído hablar de él muchas veces, pero nunca lo he visto —respondió el mono.

—Entonces, deberías visitarlo. Es una lástima que se te pase la vida sin verlo. La belleza del palacio es indescriptible; en mi opinión, es el lugar más hermoso del mundo —afirmó la medusa.

—¿Es tan bonito como todo eso? —preguntó asombrado el mono.

Y ahí la medusa vio su oportunidad, de forma que continuó describiendo con la mayor habilidad la belleza y grandeza del Palacio del Rey del Mar, así como las maravillas del jardín con sus curiosos árboles de coral blanco, rosa y rojo, y los frutos aún más curiosos que como grandes joyas colgaban de sus ramas. El mono se interesaba cada vez más, y mientras escuchaba bajaba del árbol paso a paso para no perder ni una palabra de la maravillosa historia.

«¡Por fin lo tengo!», pensó la medusa, pero en voz alta dijo:

—Sr. Mono, ahora debo regresar. Ya que nunca has visto el Palacio del Rey Dragón, ¿no quieres aprovechar esta espléndida oportunidad y venir conmigo? Así podré hacerte de guía y mostrarte todas las vistas del mar, que serán aún más maravillosas para ti, un ser terrestre.

—Me encantaría ir —dijo el mono—, pero ¿cómo voy a cruzar el agua? No sé nadar, como seguramente sabrás.

—Eso no supone ningún problema. Puedo llevarte a cuestas.

—Eso sería molestarte demasiado —dijo el mono.

—Puedo hacerlo sin ningún problema. Soy más fuerte de lo que parezco, así que no lo dudes más —respondió la medusa.

Y echándose al mono a la espalda, se adentró en el mar.

—Quédate muy quieto, Sr. Mono —dijo la medusa—. No debes caerte al mar; soy responsable de que llegues sano y salvo al Palacio del Rey.

—Por favor, no vayas tan deprisa, o seguro que me caigo —repuso el mono.

Y así siguieron avanzando, mientras la medusa surcaba las olas con el mono sentado sobre su espalda. Cuando estaban a mitad de camino, la medusa, que sabía muy poco de anatomía, empezó a preguntarse si el mono tendría o no el hígado.

—Sr. Mono, dime, ¿tienes tú algo así como un hígado?

El mono se quedó muy sorprendido ante aquella extraña pregunta, y preguntó qué quería la medusa con respecto a un hígado.

—Eso es lo más importante de todo —respondió la estúpida medusa—, por eso, en cuanto lo he recordado, te he preguntado si tenías el tuyo contigo.

—¿Por qué mi hígado es tan importante para ti? —quiso saber el mono.

—Ya lo sabrás más tarde —contestó la medusa.

El mono, cada vez más curioso y desconfiado, instó a la medusa a que le dijera para qué quería su hígado, y terminó apelando a los sentimientos de su oyente, diciéndole que estaba muy preocupado por lo que le había dicho.

Entonces la medusa, al ver la angustia del mono, se compadeció de él y se lo contó todo. Cómo la Reina Dragón había caído enferma, y cómo el médico había dicho que solo el hígado de un mono vivo la curaría, y cómo el Rey Dragón le había enviado a buscar uno.

—Ahora he hecho lo que me dijeron, y en cuanto lleguemos al Palacio el médico te sacará el hígado, ¡así que lo siento por ti! —remató la tonta de la medusa.

El pobre mono quedó de lo más horrorizado cuando se enteró de la verdad, y también muy enfadado por la jugarreta que le habían gastado. Temblaba de miedo al pensar en lo que le esperaba.

Pero el mono era un animal inteligente y pensó que lo más sensato era no dar muestras del miedo que sentía, así que trató de calmarse y de pensar en alguna forma de escapar.

«El médico quiere abrirme en canal y sacarme el hígado. Voy a morir», pensó el mono. Pero por fin se le ocurrió una idea brillante, y dijo alegremente a la medusa:

—¡Qué lástima, Sra. Medusa, que no me contases todo esto antes de salir de la isla!

—Si te hubiera dicho por qué quería que me acompañaras, sin duda te habrías negado a venir —respondió la medusa.

—Estás muy equivocada —dijo el mono—. Los monos pueden prescindir de uno o dos hígados, sobre todo cuando los necesita la Reina Dragón del Mar. Si hubiera adivinado lo que necesitabas, te habría dado uno sin esperar a que me lo pidieras. Tengo varios hígados. Pero, para nuestra gran desgracia, como no me lo contaste a tiempo, he dejado todos mis hígados colgados en el pino.

—¿Te has dejado el hígado? —preguntó la medusa.

—Sí —contestó el astuto mono—, durante el día suelo dejar el hígado colgado de la rama de un árbol, porque me estorba mucho cuando voy saltando de un árbol a otro. Hoy, entretenido con tu interesante conversación, me he olvidado de él y lo he dejado atrás cuando me he ido contigo. Si me lo hubieras contado a tiempo, me habría acordado y lo habría traído conmigo.

Al oír esto, la medusa se sintió muy decepcionada, pues se creía todo lo que decía el mono. El mono no servía para nada sin hígado. Finalmente, la medusa se detuvo y le dijo eso mismo al mono.

—Bueno —dijo el mono—, eso se remedia con facilidad. Siento mucho todas las molestias causadas; pero si me llevas de vuelta al lugar donde me encontraste, pronto podré recuperar mi hígado.

A la medusa no le gustó nada la idea de volver otra vez a la isla; pero el mono le aseguró que, si tenía la amabilidad de llevarle de vuelta, conseguiría su mejor hígado y lo llevaría consigo esta vez. Y, así persuadida, la medusa se dirigió de nuevo hacia la Isla de los Monos.

Apenas la medusa llegó a la orilla, el astuto mono desembarcó, y subiéndose al pino donde la medusa lo había visto por primera vez, hizo varias cabriolas entre las ramas con la alegría de estar de nuevo a salvo en casa, y luego mirando hacia abajo, a la medusa, dijo:

—¡Muchas gracias por todas las molestias que te has tomado! Por favor, presenta mis saludos al Rey Dragón a tu regreso.

La medusa se extrañó de este discurso y del tono burlón con que fue pronunciado. Entonces preguntó al mono si no tenía intención de acompañarle enseguida, después de conseguir su hígado.

El mono respondió riendo que no podía permitirse perder su hígado; era demasiado valioso.

—¡Pero recuerda tu promesa! —suplicó la medusa, ahora muy desanimada.

—Esa promesa era falsa y, de todos modos, ahora ya está rota —respondió el mono.

Luego, empezó a burlarse de la medusa y le dijo que le había estado engañando todo el tiempo; que no tenía ningún deseo de perder la vida, cosa que ciertamente habría hecho de haber ido al palacio del Rey del Mar, donde le esperaba el viejo doctor, en vez de persuadir a la medusa de que regresasen bajo falsos pretextos.

—¡Claro que no te daré mi hígado, pero ven a buscarlo si puedes! —concluyó burlonamente el mono desde el árbol.

A la medusa no le quedaba ya otro remedio que lamentarse de su estupidez, volver ante el Rey Dragón del Mar y confesar su fracaso, así que emprendió triste y lentamente el regreso a nado. Lo último que oyó mientras se alejaba, dejando atrás la isla, fue al mono riéndose de ella.

Mientras tanto, el Rey Dragón, el médico, el mayordomo y todos los sirvientes esperaban impacientes el regreso de la medusa. Cuando la vieron acercarse al palacio, le saludaron con alegría. Empezaron a agradecerle profusamente todas las molestias que se había tomado para ir a la Isla de los Monos, y luego le preguntaron dónde estaba el mono.

Había llegado la hora de la verdad para la medusa. Se estremeció al contar su historia. Cómo había llevado al mono cruzando el mar y luego había revelado de manera estúpida el secreto de su encargo; cómo el mono le había engañado haciéndole creer que se había dejado atrás el hígado.

El Rey Dragón se enfureció y ordenó que la medusa fuera castigada con dureza. El castigo fue horrible. Mandó que le sacaran todos los huesos del cuerpo y que la moliesen a palos.

La pobre medusa, humillada y horrorizada más allá de toda expresión, pidió clemencia a gritos. Pero la orden del Rey Dragón tenía que ser obedecida. Los sirvientes del palacio sacaron cada uno un palo y rodearon a la medusa; después de arrancarle las espinas, la molieron a palos, la llevaron más allá de las puertas del palacio y la arrojaron al agua. Allí la dejaron para que sufriera y se arrepintiera de su insensato parloteo, y para que se acostumbrara a su nuevo estado sin espinas.

De esta historia se desprende que antiguamente las medusas tenían caparazón y espinas como las tortugas, pero desde que el Rey Dragón dictó su sentencia contra el antepasado de las medusas, sus descendientes son blandas y sin espinas, tal y como las vemos hoy en día arrojadas por las olas en las costas de Japón.

MOMOTARO, O LA HISTORIA DEL HIJO DE UN MELOCOTÓN

Hace mucho, mucho tiempo, vivían un anciano y una anciana; eran campesinos y tenían que trabajar duro para ganarse el arroz de cada día. El anciano solía ir a cortar hierba para los campesinos de los alrededores y, mientras él estaba fuera, la anciana, su esposa, se ocupaba de las labores de la casa y trabajaba en su pequeño arrozal.

Un día, el anciano se fue al monte, como de costumbre, a cortar hierba y la anciana llevó ropa al río para lavarla.

Era casi verano y, mientras los dos ancianos se dirigían al trabajo, el paisaje se presentaba muy hermoso en su fresco verdor. La hierba de las orillas del río parecía de terciopelo esmeralda, y los sauces de la ribera agitaban sus suaves flecos.

La brisa soplaba y agitaba la amable superficie del agua en ondas, y al pasar, rozaba las mejillas de la anciana pareja que, por alguna razón que no podían explicar, se sentía muy feliz aquella mañana.

La anciana encontró por fin un buen lugar a la orilla del río y dejó la cesta. Luego, se puso manos a la obra para lavar la ropa; sacó una prenda tras otra de la cesta, las lavó en el río y las frotó contra las piedras. El agua era cristalina y podía ver los pececillos que nadaban de un lado a otro, así como los guijarros del fondo.

Mientras lavaba la ropa, un gran melocotón bajó por el agua del arroyo. La anciana levantó la vista de su labor y vio aquel gran melocotón. Tenía sesenta años, pero en toda su vida no había visto un melocotón tan grande.

—¡Qué rico debe de estar ese melocotón! —se dijo—. Sin duda debo cogerlo y llevárselo a casa a mi anciano esposo.

Estiró el brazo para intentar cogerlo, pero estaba fuera de su alcance. Miró a su alrededor en busca de un palo, pero no había ninguno a la vista y, si iba a buscarlo, perdería el melocotón.

Se paró un momento a pensar en lo que iba a hacer y se acordó de un viejo encantamiento en verso. Empezó a dar palmas al compás del rodar del melocotón río abajo y, mientras daba palmas, cantaba esta canción:

> El agua lejana es amarga,
> El agua cercana es dulce;
> Cruza el agua lejana
> Y entra en la dulce.

Cosa curiosa, en cuanto empezó a repetir aquella cancioncilla, el melocotón se fue acercando cada vez más a la orilla donde se encontraba la anciana, hasta que por fin se detuvo justo delante de ella, de modo que pudo cogerlo con las manos. La anciana se sentía encantada. No podía seguir con su trabajo, así de contenta y emocionada estaba, por lo que volvió a poner toda la ropa en su cesta de bambú y, con la cesta a la espalda y el melocotón en la mano, se apresuró a regresar a casa.

Le pareció muy larga la espera hasta que se produjo el regreso de su marido. El viejo retornó por fin cuando el sol se ponía, con un gran haz de hierbas a la espalda, tan grande que casi lo ocultaba y ella apenas podía verlo. Parecía muy cansado y usaba la guadaña como bastón, apoyándose en ella mientras caminaba.

En cuanto la anciana lo vio, gritó:

—¡Oh, *Fii San* (anciano)! ¡Hoy hace largo tiempo que espero que vuelvas a casa!

—¿Qué ocurre? ¿Por qué estás tan impaciente? —preguntó el anciano, extrañado de aquella insólita impaciencia—. ¿Ha ocurrido algo mientras estaba fuera?

—¡Oh, no! —respondió la anciana—. ¡No ha pasado nada, solo que he encontrado un bonito regalo para ti!

—Eso está bien —repuso el anciano.

Acto seguido, se lavó los pies en una palangana de agua y subió al porche.

La anciana corrió ahora a la salita y sacó del armario el gran melocotón. Le pareció aún más pesado que antes. Se lo tendió diciendo:

—¡Mira esto! ¿Habías visto un melocotón tan grande en toda tu vida?

Cuando el anciano vio el melocotón, se quedó más que asombrado, y exclamó:

—¡Es el melocotón más grande que he visto en mi vida! ¿Dónde lo has comprado?

—No lo he comprado —respondió la anciana—. Lo encontré en el río en el que estaba lavando.

Y le contó toda la historia.

—Me alegro mucho de que lo hayas encontrado. Comámoslo ahora, que tengo hambre —dijo el *O Fii San*.

Sacó el cuchillo de cocina y, colocando el melocotón sobre una tabla, estaba a punto de cortarlo cuando, cosa maravillosa de contar, el melocotón se partió en dos por sí mismo y una voz clara dijo:

—¡Espera un poco, viejo!

Y del interior salió un niño precioso.

El anciano y su mujer se quedaron tan asombrados de lo que veían que se cayeron al suelo. El niño volvió a hablar:

—No tengáis miedo. No soy un demonio ni un hada. Os diré la verdad. El cielo ha tenido compasión de vosotros. Cada día y cada noche, os habéis lamentado por no tener un hijo. Vuestro llanto ha sido escuchado, y yo he sido enviado para ser el hijo de vuestra vejez.

Al oír esto, el anciano y su mujer se pusieron muy contentos. Habían llorado día y noche de pena por no tener un hijo que les ayudara en su solitaria senectud, y ahora sus plegarias habían sido respondidas; se sentían tan felices que ni sabían dónde tenían la cabeza. Primero, el anciano cogió al niño en brazos y luego la anciana hizo lo mismo, y lo llamaron *Momotaro*, o *Hijo del Melocotón*, porque había salido de un melocotón.

Los años pasaron con rapidez y el niño llegó a tener quince años. Era más alto y mucho más fuerte que cualquier otro muchacho de su edad, tenía un rostro hermoso y un corazón rebosante de valor, y era muy sabio para su edad. La pareja de ancianos se alegró mucho al verlo, pues era exactamente como ellos pensaban que debía ser un héroe.

Un día Momotaro se acercó a su padre adoptivo y le dijo con solemnidad:

—Padre, por un extraño giro del destino, nos hemos convertido en padre e hijo. La bondad que has tenido para conmigo ha sido más alta que los pastos de la montaña que era tu trabajo diario cortar, y más profunda que el río donde mi madre lava la ropa. No sé cómo podría agradecértelo lo suficiente.

—Es normal que un padre críe a su hijo —le respondió el anciano—. Cuando seas mayor, te tocará a ti cuidarnos a nosotros: así que, al fin y al cabo, no habrá pérdidas ni ganancias entre nosotros: todo será igual. De hecho, ¡me sorprende que me lo agradezcas de esta manera! —y el anciano pareció sentirse molesto.

—Confío en que seas paciente conmigo —dijo Momotaro—; pero antes de empezar a corresponderte por tu bondad hacia mí, tengo una petición que hacerte y que espero que me concedas por encima de todo.

—¡Te dejaré hacer lo que quieras, porque eres muy diferente a todos los demás chicos!

—¡Entonces déjame irme sin tardanza!

—¿Qué dices? ¿Deseas dejar a tu padre y a tu madre y marcharte de tu antiguo hogar?

—¡Te aseguro que volveré, si me dejas partir ahora!

—¿A dónde irás?

—Te parecerá extraño que quiera marcharme —dijo Momotaro—, porque aún no te he explicado qué razones tengo para ello. Muy lejos de aquí, al noreste de Japón, hay una isla en mitad del mar. Esta isla es la fortaleza de una banda de demonios. He oído a menudo contar cómo invaden esta tierra, matan y roban a la gente, y se llevan todo lo que encuentran. No solo son muy malvados, sino que son desleales a nuestro Emperador y desobedecen sus leyes. También son caníbales, pues matan y se comen a algunos de los infelices que tienen la desgracia de caer en sus garras. Esos demonios son seres de los más odiosos. Debo ir a vencerlos y devolver todo el botín que han robado a esta tierra. ¡Es por esta razón que quiero irme por un corto espacio de tiempo!

El anciano se sorprendió mucho al oír todo esto de boca de un muchacho de quince años. Pensó que lo mejor era dejar marchar al muchacho. Era fuerte e intrépido, y además el anciano sabía que no era un niño cualquiera, pues les había sido enviado como un regalo del Cielo, y estaba completamente seguro de que los demonios no serían capaces de causarle daño.

—Todo lo que dices es de lo más interesante, Momotaro —contestó el anciano—. No pondré objeciones a la decisión que has tomado. Puedes irte si lo deseas. Ve a la isla tan pronto como quieras, y destruye a los demonios y trae la paz a esta tierra.

—Gracias por toda la amabilidad que tenéis conmigo —dijo Momotaro, que empezó a prepararse para partir ese mismo día. Estaba lleno de valor y no sabía lo que era el miedo.

El anciano y la mujer se pusieron enseguida manos a la obra, a machacar arroz en el mortero de la cocina y a hacer galletas, para que Momotaro las llevara consigo en su viaje.

Por fin las galletas estuvieron hechas y Momotaro se encontró listo para emprender su largo viaje.

Las despedidas siempre son tristes. Así fue también en esta ocasión. Los ojos de los dos ancianos se llenaron de lágrimas y sus voces temblaron al decir:

—Viaja con todo cuidado y rapidez. Esperamos tu regreso victorioso.

A Momotaro le daba mucha pena dejar a sus padres (aunque sabía que volvería en cuanto pudiera), porque pensaba en lo solos que se sentirían mientras él estuviera fuera. Pero dijo «¡Adiós!» lleno de coraje.

—Ahora, me voy. Cuidaos mucho mientras estoy fuera. Adiós.

Y salió sin dilación de la casa. Los ojos de Momotaro y sus padres se encontraron en silenciosa despedida.

Momotaro se apresuró a seguir su camino, hasta que llegó el mediodía. Empezó a tener hambre, así que abrió su bolsa, sacó una de las galletas de arroz y se sentó a comérsela bajo un árbol junto al camino. Mientras almorzaba, un perro casi tan grande como un potro salió corriendo de entre la hierba alta. Se dirigió directamente hacia Momotaro y, mostrando los dientes, le dijo con fiereza:

—Eres un maleducado al pasar por mi campo sin pedir permiso antes. Si me dejas todas las galletas que llevas en la bolsa, puedes irte; si no, te morderé hasta matarte.

Momotaro tan solo se rio con desdén:

—¿Qué es eso que dices? ¿Sabes quién soy? Soy Momotaro, y voy de camino a someter a los demonios en su isla fortaleza del noreste de Japón. Si intentas ponerme trabas en mi camino, ¡te cortaré en dos, desde la cabeza a la cola!

La actitud del perro cambió de inmediato. Dejó caer la cola entre las patas y, al acercarse, se inclinó tanto que su frente tocó el suelo.

—¿Qué oigo? ¿El nombre de Momotaro? ¿Eres realmente Momotaro? A menudo he oído hablar de tu gran fuerza. Sin saber quién eras, me he comportado de una manera muy estúpida. Por favor, perdona mi grosería. ¿Vas a asaltar la Isla de los Demonios? Si llevas a un ser tan tosco como yo contigo, como uno de tus seguidores, te estaré muy agradecido.

—Creo que puedo llevarte conmigo, si es que quieres venir —repuso Momotaro.

—¡Gracias! —dijo el perro—. Por cierto, tengo mucha hambre. ¿Me darías una de las galletas que llevas?

—Esta es una galleta de la mejor clase que se puede encontrar en Japón —contestó Momotaro—. No puedo darte una entera; te daré la mitad.

—Muchas gracias —dijo el perro, cogiendo el trozo que le había lanzado.

Entonces Momotaro se levantó y el perro le siguió. Durante largo rato caminaron por las colinas y los valles. Mientras avanzaban, un simio bajó de un árbol situado un poco más adelante. La criatura se acercó sin tardanza a Momotaro y le dijo:

—¡Buenos días, Momotaro! Eres bienvenido en esta parte del país. ¿Me permites ir contigo?

El perro respondió celoso:

—Momotaro ya tiene un perro que le acompaña. ¿De qué sirve un mono como tú en la batalla? ¡Nos dirigimos a luchar contra los demonios! ¡Aléjate!

El perro y el mono empezaron a pelearse y a morderse, pues estos dos animales siempre se han odiado.

—¡No os peleéis! —exigió Momotaro, interponiéndose entre ellos—. ¡Espera un momento, perro!

—¡No es nada digno que te siga una criatura como esta! —exclamó el perro.

—¿Qué sabrás tú de eso? —preguntó Momotaro.

Y apartando al perro, se encaró con el mono:

—¿Quién eres?

—Soy un mono que vive en estas colinas —respondió el mono—. He oído hablar de vuestra expedición a la Isla de los Demonios y he venido a acompañaros. Nada me complacerá más que seguirte.

—¿De verdad quieres ir a la Isla de los Demonios y luchar a mi lado?

—Sí, señor —respondió el mono.

—Admiro tu valor —dijo Momotaro—. Aquí tienes un trozo de una de mis exquisitas galletas de arroz. Acompáñame.

Así que el mono se unió a Momotaro. El perro y el mono no se llevaban bien. En todo momento se desairaban el uno al otro, mientras viajaban, y siempre estaban buscando pelea. Eso enojaba sobremanera a Momotaro y, al final, envió al perro delante con una bandera y puso al mono detrás con una espada, y se colocó entre ellos con un abanico de guerra, que estaba hecho de hierro.

Así andando, llegaron a un gran campo. En aquel lugar, un pájaro bajó volando y se posó en el suelo, justo delante del pequeño grupo. Era el pájaro más hermoso que Momotaro había visto nunca. Revestía su cuerpo con cinco túnicas diferentes de plumas y llevaba la cabeza cubierta con un gorro escarlata.

El perro corrió de inmediato hacia el pájaro y trató de atraparlo y matarlo. Pero el pájaro sacó sus espolones y voló hacia la zaga del perro, y la lucha fue dura entre ambos.

Momotaro, mientras miraba, no podía dejar de admirar al pájaro; mostraba un gran espíritu en la lucha. Sin duda sería un buen combatiente.

Momotaro se acercó a los dos combatientes, y reteniendo al perro, dijo al pájaro:

—¡Bribón! Estás obstaculizando mi viaje. Ríndete de inmediato y te llevaré conmigo. Si no lo haces, haré que este perro te arranque la cabeza.

Entonces el pájaro se rindió sin dilación y suplicó que le admitieran en la compañía de Momotaro.

—No sé qué excusa ofrecer para pelearme con tu servidor, el perro, pero no os vi. Soy un miserable pájaro llamado faisán. Es muy generoso por tu parte perdonar mi descortesía y llevarme contigo. Por favor, permíteme seguirte detrás del perro y del mono.

—Te felicito por rendirte con tanta diligencia —dijo Momotaro sonriendo—. Ven y únete a nosotros en nuestra incursión contra los demonios.

—¿Vas a llevar también a este pájaro? —preguntó el perro, interrumpiéndolo.

—¿Por qué haces una pregunta tan innecesaria? ¿No has oído lo que he dicho? Me llevo al pájaro conmigo, porque así lo quiero.

—Hmmm —dijo el perro.

Entonces Momotaro se levantó y dio la siguiente orden:

—Ahora todos debéis escucharme. Lo primero que necesita un ejército es armonía. Un sabio refrán dice que «la ventaja en la tierra es mejor que la ventaja en el Cielo». La unión entre nosotros es mejor que cualquier ganancia mundana. Si no estamos en paz entre nosotros, no nos será fácil someter al enemigo. A partir de ahora, vosotros tres, el perro, el mono y el faisán, debéis ser amigos con una sola mente. El primero que empiece una pelea será despedido en el acto.

Los tres prometieron no pelearse. El faisán pasó a formar parte del séquito de Momotaro y recibió medio pastel.

La influencia de Momotaro era tan grande que los tres se hicieron buenos amigos y se apresuraron a seguir adelante, con él como líder.

Apresurándose día tras día, llegaron por fin a la orilla del Mar del Nordeste. No se veía nada hasta la línea del horizonte, ni rastro de ninguna isla. Lo único que rompía la quietud era el ir y venir de las olas sobre la orilla.

Ahora bien, ocurre que el perro, el mono y el faisán habían recorrido con gran valentía los largos valles y las colinas, pero nunca habían visto el mar, y por primera vez desde que se pusieron en camino, estaban desconcertados y se miraban unos a otros en silencio. ¿Cómo iban a cruzar las aguas y llegar a la Isla de los Demonios?

Momotaro no tardó en percatarse de que se amedrentaban ante la visión del mar, y para ponerlos a prueba habló en tono alto y áspero:

—¿Por qué dudáis? ¿Tenéis miedo del mar? ¡Qué cobardes sois! Es imposible llevar conmigo a criaturas tan débiles como vosotros para luchar contra los demonios. Será mucho mejor que vaya yo solo. Os libero a todos de golpe.

Los tres animales, desconcertados por aquella reprimenda tan dura, se aferraron a la manga de Momotaro, rogándole que no los echara de su lado.

—¡Por favor, Momotaro! —exclamó el perro.

—¡Hemos llegado hasta aquí! —dijo el mono.

—¡Es inhumano echarnos, llegados aquí! —dijo afectado el faisán.

—No tenemos ningún miedo al mar —añadió el mono.

—Por favor, llévanos contigo —rogó el faisán.

—Haznos ese favor —dijo el perro.

En esos momentos, habían hecho ya acopio de un poco de valor, así que Momotaro dijo:

—Bien, entonces os llevaré conmigo, ¡pero andaos con cuidado!

Momotaro consiguió un pequeño barco y todos subieron a bordo. El viento y la atmósfera les eran favorables, y el barco surcó el mar como una flecha. Era la primera vez que navegaban, así que al principio el perro, el mono y el faisán se asustaron con las olas y el balanceo del barco, pero poco a poco se acostumbraron al agua y volvieron a sentirse felices. Todos los días paseaban por la cubierta de su pequeño barco, buscando ansiosamente la Isla de los Demonios.

Cuando se cansaban de buscar, se contaban historias de todas aquellas hazañas de las que se sentían orgullosos, y luego jugaban juntos; y Momotaro encontró mucho para divertirse escuchando a los tres animales y observando sus payasadas, y de esta manera olvidó que el camino era largo y que estaba cansado de tanto viaje y de no hacer nada. Ansiaba ponerse manos a la obra para matar a los monstruos que tanto daño habían hecho en su país.

Como el viento soplaba a su favor y no se encontraron con tormentas, el barco realizó un viaje rápido, y un día en que el sol brillaba de manera esplendorosa, la visión de tierra recompensó a los cuatro, que observaban desde la proa.

Momotaro supo enseguida que lo que veían era la fortaleza de los demonios. En lo alto de la costa escarpada, mirando al mar, había un gran castillo. Ahora que su objetivo se encontraba próximo, se sumió en sus pensamientos con la cabeza apoyada en las manos, preguntándose cómo debía comenzar el ataque. Sus tres seguidores lo observaban, esperando órdenes. Por fin, llamó al faisán:

—Nos supone una gran ventaja el tenerte con nosotros —dijo Momotaro al pájaro—, porque tienes buenas alas. Vuela ahora mismo al castillo y haz que los demonios luchen. Nosotros te seguiremos.

El faisán obedeció de inmediato. Salió volando del barco, batiendo alegremente el aire con sus alas. El pájaro no tardó en llegar a la isla y se colocó en el tejado, en medio del castillo, gritando con fuerza:

—¡Escuchadme todos, demonios! El gran general japonés Momotaro ha venido a luchar contra vosotros y a arrebataros vuestra fortaleza. Si queréis salvar vuestras vidas, rendíos de inmediato; en señal de sumisión, debéis romperos los cuernos que os crecen en la frente. Si no os rendís inmediatamente, y en vez de eso os decidís a luchar, nosotros, el faisán, el perro y el mono, os mataremos a todos a mordiscos y os desgarraremos los cuerpos hasta la muerte.

Los demonios cornudos miraron hacia arriba y, al ver solo un faisán, se rieron y dijeron:

—¡Un faisán salvaje, en efecto! Es ridículo oír tales palabras de un ser tan mezquino como tú. ¡Espera a recibir un golpe de una de nuestras barras de hierro!

Lo cierto es que los diablos estaban muy enfadados. Agitaron ferozmente sus cuernos y sus mechones de pelo rojo, y se apresuraron a ponerse pantalones de piel de tigre para parecer más terribles. Luego sacaron grandes barras de hierro y corrieron hacia donde estaba posado el faisán, sobre sus cabezas, e intentaron derribarlo. El faisán voló hacia un lado para escapar del golpe, y luego atacó la cabeza primero de uno y luego de otro demonio. Dio vueltas y vueltas alrededor de ellos, batiendo el aire con sus alas tan feroz e incesantemente, que los demonios empezaron a preguntarse si tenían que luchar contra uno o contra muchos pájaros más.

Mientras tanto, Momotaro había llevado su barco a tierra. Al acercarse, vio que la orilla era como un precipicio y que el gran castillo estaba rodeado de altos muros y contaba con grandes puertas de hierro y estaba fuertemente fortificado.

Momotaro bajó a tierra y, con la esperanza de encontrar alguna vía de entrada, subió por el sendero hacia la cima, seguido por el mono y el perro. Pronto se encontraron con dos hermosas damiselas que lavaban la ropa en un arroyo. Momotaro vio que las ropas estaban manchadas de sangre, y que mientras lavaban, las lágrimas caían fluidas por las mejillas de las doncellas. Él se detuvo y se dirigió a ellas:

—¿Quiénes sois y por qué lloráis?

—Somos cautivas del Rey Demonio. Fuimos traídas desde nuestros hogares a esta isla, y aunque somos hijas de daimios (señores), estamos obligadas a ser sus sirvientas, y un día nos matará —las doncellas levantaron las ropas manchadas de sangre— ¡y nos comerá, y no habrá nadie que nos ayude!

Y se deshicieron en lágrimas de nuevo, ante aquel horrible pensamiento.

—Os rescataré —dijo Momotaro—. No lloréis más, tan solo mostradme cómo puedo entrar en el castillo.

Entonces las dos damas se adelantaron para mostrar a Momotaro una pequeña puerta trasera, ubicada en la parte más baja de la muralla del castillo, tan pequeña que Momotaro apenas podía entrar gateando.

El faisán, que durante todo ese tiempo había estado luchando duramente, vio cómo Momotaro y su pequeña banda irrumpían por la retaguardia.

La embestida de Momotaro fue tan furiosa que los demonios no pudieron hacerle frente. Al principio su enemigo había sido un solo pájaro, el faisán, pero ahora que habían llegado Momotaro, el perro y el mono, estaban desconcertados, pues los cuatro enemigos luchaban como si fueran cien, de tan fuertes que eran. Algunos de los demonios cayeron del parapeto del castillo y se hicieron pedazos contra las rocas que había debajo; otros cayeron al mar y se ahogaron; muchos murieron apaleados por los tres animales.

El jefe de los demonios fue por fin el único que quedó. Decidió rendirse, pues sabía que su enemigo era más fuerte que un hombre común.

Se acercó con humildad a Momotaro y arrojó su barra de hierro, y arrodillándose a los pies del vencedor, se rompió los cuernos de la cabeza en señal de sumisión, pues tales eran el signo de su fuerza y poder.

—Te tengo miedo —reconoció con mansedumbre—. No puedo enfrentarme a ti. Te daré todo el tesoro que tengo escondido en este castillo si me perdonas la vida.

Momotaro se echó a reír.

—No es propio de ti, gran demonio, pedir clemencia, ¿verdad? No puedo perdonarte tu malvada vida, por mucho que supliques, pues has matado y torturado a mucha gente y has robado a nuestro país durante muchos años.

Entonces Momotaro ató al jefe demonio y lo puso a cargo del mono. Hecho esto, recorrió todas las estancias del castillo, liberó a los prisioneros y reunió todo el tesoro que encontró.

El perro y el faisán llevaron a casa el botín, y así Momotaro regresó triunfante a su hogar, llevando consigo al jefe demonio como cautivo. Las dos pobres doncellas, hijas de daimios, y otras a las que el malvado demonio se había llevado para convertirlas en sus esclavas, fueron devueltas sanas y salvas a sus hogares y entregadas a sus padres.

El país entero convirtió a Momotaro en un héroe a su regreso triunfal y se alegró de que el reino se hubiera librado de los demonios ladrones, que habían aterrorizado la tierra durante mucho tiempo.

La alegría de la anciana pareja fue mayor que nunca, y el tesoro que Momotaro llevó a casa les permitió vivir en paz y abundancia hasta el final de sus días.

EL CAZADOR AFORTUNADO
Y EL PESCADOR HABILIDOSO

Hace mucho tiempo, Japón estaba gobernado por Hohodemi, el cuarto *Mikoto* (o Augusto) descendiente de la ilustre Amaterasu, la Diosa del Sol. No solo lucía tan apuesto como bella era su antepasada, sino que también era muy fuerte y valiente, y tenía fama de ser el mejor cazador del país. Debido a su inigualable habilidad como cazador, le llamaban *Yama-sachi-hiko* o «El Cazador Afortunado de las Montañas».

Su hermano mayor era un pescador muy hábil, y como superaba con creces a todos sus rivales en la pesca, le pusieron el mote de *Umi-sachi-hiko* o «El Habilidoso Pescador del Mar». Los hermanos llevaban así una vida feliz, disfrutando plenamente de sus respectivas ocupaciones, y los días pasaban rápida y agradablemente mientras cada uno seguía su propio camino, el uno cazando y el otro pescando.

Un día, el Cazador Afortunado se acercó a su hermano, el Pescador Habilidoso, y le dijo:

—Bien, hermano mío, veo que todos los días vas al mar con tu caña de pescar en la mano y que, cuando regresas, vienes cargado de peces. Y en cuanto a mí, me complace el coger mi arco y mi flecha, y cazar los animales salvajes en las montañas y en los valles. Durante mucho tiempo, hemos atendido cada uno a nuestra ocupación favorita, de modo que ahora ambos debemos de estar cansados, tú de tu pesca y yo de mi caza. ¿No sería prudente que hiciéramos un cambio? ¿Intentarías tú cazar en las montañas y yo a cambio iría a pescar al mar?

El Pescador Habilidoso escuchó en silencio a su hermano y quedó pensándoselo durante un momento, pero al fin respondió:

—Oh, sí, ¿por qué no? Tu idea no es mala en absoluto. Dame tu arco y tus flechas y me iré inmediatamente a las montañas a cazar.

Así quedó zanjado el asunto, y los dos hermanos partieron cada uno a probar la ocupación del otro, sin siquiera soñar con todo lo que sucedería a continuación. Fue una decisión muy imprudente por su parte, pues el Cazador Afortunado no sabía nada de pesca, y el Pescador Habilidoso, que tenía mal genio, sabía lo mismo de caza. El Cazador Afortunado cogió el preciado anzuelo y la caña de pescar de su hermano, bajó a la orilla del mar y se sentó en las rocas. Puso cebo al anzuelo y lo arrojó con torpeza al mar. Se sentó a contemplar la pequeña boya que se mecía arriba y abajo en el agua, anhelando que llegara un buen pez para poder pescarlo. Cada vez que la boya se movía un poco, él tiraba de la caña, pero nunca había un pez al final de la misma, solo el anzuelo y el cebo. Si hubiera sabido pescar como es debido, habría podido capturar muchos peces, pero aunque era el mejor cazador de la tierra no podía ni compararse con el más chapucero de los pescadores.

Así transcurrió el día entero, mientras él, sentado en las rocas con la caña en la mano, esperaba en vano que cambiase su suerte. Por fin el día empezó a oscurecerse y llegó la noche, y él seguía sin pescar ni un solo pez. Al recoger el sedal por última vez, antes de volver a casa, se dio cuenta de que había perdido el anzuelo, sin saber cuándo se le había caído.

Comenzó entonces a sentirse extremadamente inquieto, pues sabía que su hermano se enfadaría por haber perdido su anzuelo, ya que, al ser el único que tenía, lo valoraba por encima de todas las cosas. El Cazador Afortunado se puso entonces a buscar entre las rocas y la arena el anzuelo perdido, y mientras buscaba de un lado a otro, su hermano, el Pescador Habilidoso, llegó a aquel paraje. No había logrado ninguna pieza de caza aquel día, y no solo estaba más que disgustado, sino que se lo veía de lo más irritable. Cuando vio al Cazador

Afortunado buscando por la orilla, supo que algo había ido mal, así que dijo sin dilación:

—¿Qué estás haciendo, hermano mío?

El Cazador Afortunado se adelantó con timidez, pues temía la cólera de su hermano, y dijo:

—Oh, hermano mío, lo cierto es que lo he hecho mal.

—¿Qué pasa? ¿Qué has hecho? —quiso saber con impaciencia el hermano mayor.

—He perdido tu precioso anzuelo de pesca...

Mientras aún estaba hablando, su hermano le interrumpió, gritando con fiereza:

—¡Has perdido el anzuelo! Es justo lo que me esperaba. Por esa razón, cuando propusiste por primera vez tu plan de cambiar nuestras ocupaciones, la verdad es que yo estaba en contra, pero parecías desearlo tanto que cedí y te permití hacer lo que querías. Pronto se hace patente el error de que intentemos llevar a cabo tareas que nos son desconocidas. Y tú lo has hecho mal. No te devolveré tu arco y tus flechas hasta que no hayas encontrado mi anzuelo. Asegúrate de encontrarlo y devuélvemelo rápido.

El Cazador Afortunado se sentía culpable de todo lo que había sucedido, y soportó con humildad y paciencia la reprimenda de su hermano. Buscó el anzuelo con ahínco por todas partes, pero no lo encontró. Al final, se vio obligado a renunciar a toda esperanza de encontrarlo. Entonces volvió a casa y, desesperado, rompió en pedazos su querida espada e hizo con ella quinientos anzuelos.

Se los llevó a su enojado hermano y se los ofreció, pidiéndole perdón y rogándole que los aceptara en lugar del que había perdido él. Fue inútil; su hermano no quiso escucharle, y mucho menos acceder a su petición.

El Cazador Afortunado fabricó entonces otros quinientos anzuelos y se los llevó de nuevo a su hermano, rogándole que lo perdonara.

—Aunque hagas un millón de anzuelos —dijo el Pescador Habilidoso, sacudiendo la cabeza—, no me sirven de nada. No puedo perdonarte a menos que me devuelvas mi propio anzuelo.

Nada apaciguaría la ira del Pescador Habilidoso, pues tenía una mala disposición contra su hermano, al que siempre había odiado a causa de sus virtudes, y ahora, con la excusa del anzuelo perdido, planeaba matarlo y usurpar su puesto como gobernante de Japón. El Cazador Afortunado lo sabía perfectamente, pero no podía decir nada, pues al ser el menor, debía obediencia a su hermano mayor; así que regresó a la orilla del mar y una vez más comenzó a buscar el anzuelo perdido. Se sentía muy abatido, pues había perdido toda esperanza de encontrar el anzuelo de su hermano. Mientras se encontraba en la playa, perdido en su perplejidad y preguntándose qué era lo mejor que podía hacer a continuación, apareció de repente un anciano con un palo en la mano. El Cazador Afortunado recordaría después que no había visto de dónde vino el anciano, ni sabía cómo había llegado hasta allí.

—Tú eres Hohodemi, el Augusto, al que en ocasiones llaman el Cazador Afortunado, ¿no es así? —preguntó el anciano—. ¿Qué haces solo en un lugar como este?

—Sí, soy yo —contestó el desdichado joven—. Desgraciadamente, mientras pescaba perdí el precioso anzuelo de mi hermano. Lo he buscado por toda la costa pero, ¡ay!, no lo encuentro, y estoy muy preocupado, porque mi hermano no me perdonará hasta que se lo devuelva. Pero ¿y tú quién eres?

—Me llamo Shiwozuchino Okina y vivo cerca, en esta orilla. Lamento conocer la desgracia que te ha ocurrido. Debes de estar realmente angustiado. Pero si te digo la verdad, pienso que el anzuelo no está por aquí: o está en el fondo del mar, o en el cuerpo de algún pez que se lo ha tragado, y por eso, aunque te pases toda la vida buscándolo aquí, nunca lo encontrarás.

—Y entonces ¿qué puedo hacer? —preguntó su interlocutor, angustiado.

—Lo mejor será que bajes a Ryn Gu y le cuentes a Ryn Jin, el Rey Dragón del Mar, cuál es tu problema y le pidas que te busque el anzuelo. Creo que esa sería la mejor manera de proceder.

—Tu idea es excelente —dijo el Cazador Afortunado—, pero me temo que no podré llegar al reino del Rey del Mar, pues siempre he oído que sienta sus reales en el fondo del mar.

—Oh, no habrá ninguna dificultad para que llegues allí —dijo el viejo—; en breve podré tener dispuesto algo para que navegues a través del mar.

—Gracias —dijo el Cazador Afortunado—, te estaré muy agradecido si tienes conmigo tal amabilidad.

El anciano se puso de inmediato manos a la obra, y pronto tuvo hecha una canasta que ofreció al Cazador Afortunado. Este la recibió con alegría y, llevándola hasta el agua, montó en ella y se dispuso a partir. Se despidió del amable anciano que tanto le había ayudado, y le dijo que no tuviese duda de que le recompensaría en cuanto encontrara su anzuelo y pudiera regresar a Japón sin temor a la cólera de su hermano. El anciano le indicó la dirección que debía tomar y le dijo cómo llegar al reino de Ryn Gu, y se quedó observándole hacerse a la mar en la canasta, que parecía una pequeña embarcación.

El Cazador Afortunado se dio toda la prisa que pudo, montado en la canasta que le había dado su amigo. Su extraña barca parecía surcar las aguas por sí sola, y la distancia resultó mucho menor de lo que esperaba, pues en pocas horas divisó la puerta y el tejado del Palacio del Rey del Mar. ¡Qué grande era, con sus innumerables tejados inclinados y frontones, sus enormes puertas y sus muros de piedra gris! No tardó en desembarcar y, dejando la cesta en la playa, se acercó a la gran puerta. Los pilares de la puerta estaban hechos de hermoso coral rojo, y la propia puerta estaba adornada con brillantes gemas de todo tipo. Grandes árboles de *katsura* le daban sombra. Nuestro héroe había oído hablar a menudo de las maravillas del Palacio del Rey del Mar, situado bajo el mar, pero todas las historias que había escuchado se quedaban cortas ante la realidad que ahora presenciaba por primera vez.

Al Cazador Afortunado le hubiera gustado entrar por aquella misma puerta, pero vio que estaba cerrada a cal y canto y que no había nadie a quien pudiera pedir que se la abriera, así que se detuvo a pensar qué debía hacer. A la sombra de los árboles, delante de la puerta, vio un pozo lleno de agua fresca. Pensó que seguramente alguien saldría alguna vez a sacar agua del pozo. Así que se subió al árbol que sombreaba el pozo, se sentó a descansar en una de las ramas y esperó a ver qué ocurría. No tardó en presenciar cómo se abría la enorme puerta y salían dos hermosas mujeres. Ahora bien, el *Mikoto* (Augusto) siempre había oído que Ryn Gu era el reino del Rey Dragón bajo el Mar, y había supuesto, desde luego, que el lugar estaba habitado por dragones y criaturas terribles similares; así que cuando vio a aquellas dos encantadoras princesas, cuya belleza sería excepcional incluso en el mundo del que acababa de venir, se sorprendió sobremanera y se preguntó qué podría significar aquello.

Sin embargo, no dijo ni una palabra, sino que las contempló en silencio a través del follaje de los árboles, esperando a ver qué hacían. Vio que llevaban cubos de oro en las manos. Lenta y graciosamente se acercaron al pozo, de pie a la sombra de los árboles *katsura*, y se dispusieron a sacar agua, sin darse cuenta de que había un extraño que las observaba, pues el Cazador Afortunado estaba oculto entre las ramas del árbol donde se había apostado.

Cuando las dos damas se asomaron a la orilla del pozo para dejar caer sus cubos de oro, cosa que hacían todos los días del año, vieron reflejado en las aguas profundas y tranquilas el rostro de un apuesto joven que las miraba desde entre las ramas del árbol a cuya sombra estaban. Nunca antes habían visto el rostro de un hombre mortal; se asustaron y retrocedieron rápidamente, con sus cubos de oro en las manos. Su curiosidad, sin embargo, no tardó en infundirles valor, y miraron con timidez hacia arriba, buscando la causa del inusual reflejo, y fue entonces cuando descubrieron al Cazador Afortunado, sentado en el árbol y mirándolas a su vez, lleno de sorpresa y admiración. Ellas le miraron directamente a la cara, pero sus lenguas estaban paralizadas por el asombro y no encontraban una palabra que decirle.

Cuando el *Mikoto* constató que le habían descubierto, bajó del árbol con presteza y dijo:

—Soy un viajero, y como tenía mucha sed, me acerqué al pozo con la esperanza de saciarla, pero no he encontrado ningún cubo con el que sacar el agua.

Así que me subí al árbol, muy disgustado, y esperé a que viniera alguien. Justo en este momento, mientras esperaba sediento e impaciente, habéis aparecido vosotras, nobles damas, como en respuesta a mi gran necesidad. Por ello os ruego que, por misericordia, me deis de beber un poco de agua, pues soy un viajero sediento en tierra extraña.

La dignidad y gentileza de aquel se impusieron a la timidez de las mujeres e, inclinándose en silencio, ambas se acercaron de nuevo al pozo y, bajando sus cubos de oro, sacaron un poco de agua, la vertieron en una copa enjoyada y se la ofrecieron al forastero. Este la recibió con ambas manos, levantándola a la altura de la frente en señal de gran respeto y contento, y luego bebió el agua con rapidez, pues su sed era grande. Cuando hubo terminado su largo trago, dejó la copa en el borde del pozo y, desenvainando su espada corta, partió una de las extrañas joyas curvadas (*magatama*) que llevaba en un collar que le colgaba del cuello y caía sobre su pecho. Colocó la joya en la copa y se la devolvió, al tiempo que decía, inclinándose profundamente:

—¡Esto es una muestra de mi agradecimiento!

Las dos damas cogieron la copa y, al mirar dentro para ver qué era lo que había puesto en ella, pues aún no sabían lo que era, dieron un respingo de sorpresa, pues en el fondo de la copa había una hermosa gema.

—Ningún mortal ordinario regalaría una joya con tanta liberalidad. ¿Nos honrarás diciéndonos quién eres? —dijo la damisela mayor.

—Desde luego que sí —dijo el Cazador Afortunado—. Soy Hohodemi, el cuarto *Mikoto*, también llamado en Japón el Cazador Afortunado.

—¿Eres realmente Hohodemi, el nieto de Amaterasu, la Diosa del Sol? —preguntó la misma damisela que había hablado antes—. Yo soy la hija mayor de Ryn Jin, el Rey del Mar, y mi nombre es Princesa Tayotama.

—Y yo —dijo la doncella más joven, recuperando por fin el habla— soy su hermana, la Princesa Tamayori.

—¿Sois realmente las hijas de Ryn Jin, el Rey del Mar? No sabéis cuánto me alegro de conoceros —exclamó el Cazador Afortunado.

Y sin esperar a que le respondieran, prosiguió:

—El otro día fui a pescar con el anzuelo de mi hermano y se me cayó. Como mi hermano aprecia su anzuelo por encima de todas sus demás posesiones, esta es la mayor calamidad que podría haberme ocurrido. Si no lo recupero, no podré conseguir el perdón de mi hermano, que está muy enfadado por lo que he hecho. Lo he buscado muchas, muchas veces, pero no lo encuentro, y por eso estoy muy preocupado. Mientras buscaba el anzuelo, muy angustiado, me encontré con un sabio anciano que me aconsejó que lo mejor que podía hacer era acudir a Ryn Gu y pedir a Ryn Jin, el Rey Dragón del Mar, que me ayudara. Ese amable anciano también me indicó cómo llegar. Ahora ya sabéis cómo es que estoy aquí y por qué. Quiero preguntar a Ryn Jin si sabe dónde está el anzuelo perdido. ¿Seríais tan amables de llevarme ante vuestro padre? ¿Creéis que me recibirá? —preguntó ansioso el Cazador Afortunado.

La princesa Tayotama escuchó toda aquella larga historia antes de contestar:

—No solo te será fácil ver a mi padre, sino que él se alegrará mucho de conocerte. Estoy segura de que dirá que ha sido toda una suerte que un hombre tan grande y noble como tú, nieto de Amaterasu, haya descendido al fondo del mar.

Y luego, volviéndose hacia su hermana menor, añadió:

—¿No lo crees así, Tamayori?

—Sí, en efecto —respondió la Princesa Tamayori, con su dulce voz—. Como bien dices, no podemos conocer mayor honor que dar la bienvenida a los *Mikoto* a nuestro hogar.

—En tal caso, os ruego que seáis tan amables de mostrarme el camino —les pidió el Cazador Afortunado.

—Sé tan amable de entrar, *Mikoto* (Augusto) —contestaron ambas hermanas, e inclinándose, lo condujeron a través de la puerta.

La Princesa más joven dejó a su hermana a cargo del Cazador Afortunado, y avanzando más deprisa que ellos dos, llegó la primera al Palacio del Rey del Mar y, corriendo sin tardanza hasta las estancias de su padre, le contó todo lo que les había sucedido en la puerta, y que su hermana estaba trayendo ahora mismo a la Augusta Persona a su presencia. El Rey Dragón del Mar se sorprendió mucho ante tal noticia, pues rara vez, quizá solo una vez en varios cientos de años, el Palacio del Rey del Mar había sido visitado por los mortales.

Ryn Jin dio en el acto una palmada y convocó a todos sus cortesanos y a los sirvientes del palacio, así como a los principales peces del mar, y les informó solemnemente de que el nieto de la Diosa del Sol, Amaterasu, estaba llegando al palacio, y que debían mostrarse sumamente ceremoniosos y corteses al atender al augusto visitante. Luego ordenó a todos que se dirigieran a la entrada del Palacio para dar la bienvenida al Cazador Afortunado.

Ryn Jin se revistió después con sus ropajes de ceremonia y salió a darle la bienvenida. Al cabo de pocos instantes, la Princesa Tayotama y el Cazador Afortunado llegaron a la entrada, y el Rey del Mar y su esposa se inclinaron hasta tocar el suelo, y le agradecieron el honor que les hacía al acudir a visitarles. El Rey del Mar condujo entonces al Cazador Afortunado a la sala de invitados, y colocándole en el asiento superior, se inclinó respetuosamente ante él, y dijo:

—Soy Ryn Jin, el Rey Dragón del Mar, y esta es mi esposa. ¡Sed tan generoso como para recordarnos por siempre!

—¿Sois en verdad Ryn Jin, el Rey del Mar, de quien tantas veces he oído hablar? —respondió el Cazador Afortunado, saludando ceremoniosamente a su anfitrión—. Debo disculparme por todas las molestias que os estoy causando con mi inesperada visita.

Se inclinó de nuevo y dio las gracias al Rey del Mar.

—No necesitáis darme las gracias —dijo Ryn Jin—. Soy yo quien debe agradeceros que hayáis venido. Aunque el Palacio del Mar es un lugar pobre, como veis, me sentiré muy honrado si nos hacéis una larga visita.

Se estableció muy buena sintonía entre el Rey del Mar y el Cazador Afortunado, y se sentaron a conversar durante largo rato. Por fin, el Rey del Mar dio una palmada, y entonces apareció un enorme séquito de peces, todos ellos vestidos con ropas ceremoniales, llevando en sus aletas varias bandejas en las que se servían toda clase de manjares marinos. Se ofreció un gran festín al Rey y a su invitado real. Todos los pescados habían sido escogidos de entre los mejores peces del mar, así que puedes imaginar la maravillosa variedad de criaturas marinas que sirvieron ese día al Cazador Afortunado. Todos en Palacio se esforzaron por complacerle y demostrarle que era un invitado de honor. Durante el largo banquete, que duró horas, Ryn Jin ordenó a sus hijas que tocaran algo de música, y las dos princesas entraron y tocaron el *koto* (el arpa japonesa), cantando y bailando por turnos. El tiempo transcurrió tan agradablemente que el Cazador Afortunado pareció olvidar sus problemas, así como el motivo por el que había acudido al Reino del Rey del Mar, y se entregó al disfrute de aquel prodigioso lugar: la tierra de los peces mágicos. ¿Quién no ha oído hablar de un lugar tan maravilloso? Pero el *Mikoto* no tardó en recordar lo que le había llevado a Ryn Gu, y dijo a su anfitrión:

—Tal vez vuestras hijas os hayan dicho, Rey Ryn Jin, que he venido hasta aquí para intentar recuperar el anzuelo de pesca de mi hermano, que perdí mientras pescaba el otro día. ¿Puedo pediros que tengáis la amabilidad de preguntar a todos vuestros súbditos si alguno de ellos ha visto un anzuelo perdido en el mar?

—Desde luego —repuso el solícito Rey del Mar—, convocaré inmediatamente a todos a mi presencia y les preguntaré.

En cuanto hubo dado la orden, el pulpo, la sepia, el bonito, el pez cola de toro, la anguila, la medusa, el camarón y la solla, así como muchos otros peces de todas clases, entraron y se sentaron ante Ryn Jin, su Rey, y se colocaron ellos mismos, con sus aletas, en orden. Entonces, el Rey del Mar se pronunció con solemnidad:

—Nuestro visitante, que está sentado ante todos vosotros, es el augusto nieto de Amaterasu. Su nombre es Hohodemi, el cuarto Augusto, y también se le llama el Cazador Afortunado de las Montañas. Mientras pescaba el otro día en la costa de Japón, alguien le quitó el anzuelo de su hermano. Ha venido hasta el fondo del mar, a nuestro Reino, porque pensaba que alguno de vosotros, los peces, podría haberle quitado el anzuelo jugando maliciosamente. Si alguno de vosotros lo ha hecho, debe devolverlo en el acto, o si alguno de vosotros sabe quién es el ladrón, debe decirnos inmediatamente su nombre y dónde se encuentra ahora.

Todos los peces se quedaron sorprendidos al oír tales palabras, y no fueron capaces de decir nada durante algún tiempo. Se miraron entre ellos y al Rey Dragón. Por fin, la sepia se adelantó y dijo:

—¡Creo que el *tai* (besugo) debe de ser el ladrón que ha robado el anzuelo!

—¿En qué te basas para decir tal cosa? —preguntó el Rey.

—Desde ayer por la tarde, el *tai* no ha podido comer nada, ¡y parece que le duele la garganta! Por eso creo que tiene el anzuelo en el gaznate. Será mejor que enviéis a buscarlo sin demora.

Todos los peces estuvieron de acuerdo y dijeron:

—Es ciertamente extraño que el *tai* sea el único pez que no ha obedecido vuestra llamada. Enviad a buscarlo e investigad el asunto. Así se demostrará nuestra inocencia.

—Sí —convino el Rey del Mar—, es extraño que el *tai* no haya venido, cuando debería ser el primero en estar aquí. Mandadlo llamar de inmediato.

Sin esperar la orden del Rey, la sepia ya se había puesto en marcha hacia la morada del *tai*, y ahora regresaba trayéndolo consigo. Lo llevó ante el Rey.

El *tai* se mostraba asustado y enfermo. Sin duda le dolía algo, pues su morro, habitualmente colorado, estaba ahora pálido y sus ojos, casi cerrados, parecían tener la mitad de su tamaño habitual.

—¡Responde, oh, *Tai*! —gritó el Rey del Mar—. ¿Por qué no has acudido hoy a mi llamada?

—Estoy enfermo desde ayer —respondió el *tai*—; por eso no he podido acudir.

—¡No digas ni una palabra más! —gritó enfadado Ryn Jin—. Tu dolencia es el castigo de los dioses por robar el anzuelo del *Mikoto*.

—¡No he dicho más que la verdad! —repuso el *tai*—. El anzuelo sigue en mi garganta, y todos mis esfuerzos por sacarlo han sido en vano. No puedo comer y apenas puedo respirar, a cada momento siento que me va a ahogar, y a veces me produce un gran dolor. No tenía intención de robar el anzuelo del *Mikoto*. Atrapé sin preocuparme ese anzuelo que vi en el agua, y este se soltó y se me clavó en la garganta. Así que espero que me perdonéis.

La sepia se acercó y dijo al rey:

—Lo que dije era cierto. Ya veis que el anzuelo sigue clavado en la garganta del *tai*. Espero poder sacarlo en presencia del *Mikoto*, ¡y entonces podremos devolvérselo intacto!

—¡Oh, por favor, date prisa y sácalo! —gritó el tai lastimeramente, pues sentía que los dolores en su garganta volvían de nuevo—. No hay nada que ansíe tanto como devolver el anzuelo al *Mikoto*.

—Muy bien, *Tai San* —dijo su amiga la sepia.

Y acto seguido, abriendo la boca del tai todo lo que pudo y metiéndole uno de sus tentáculos por la garganta, sacó tan rápida como fácilmente el anzuelo de la gran boca del doliente. Luego lo lavó y se lo llevó al Rey.

Ryn Jin recibió el anzuelo de su súbdito y se lo devolvió respetuosamente al Cazador Afortunado (el *Mikoto* o Augusto, como le llamaban los peces), que estaba encantado de haber recuperado su anzuelo. Dio las gracias a Ryn Jin muchas veces, con el rostro radiante de gratitud, y dijo que debía el final feliz de su búsqueda a la sabia autoridad y amabilidad del Rey del Mar.

Ryn Jin deseaba ahora castigar al tai, pero el Cazador Afortunado le rogó que no lo hiciera, puesto que, ya que su anzuelo perdido había sido felizmente recuperado, no deseaba causar más problemas al pobre tai. Y aunque, desde luego, había sido el tai quien había cogido el anzuelo, ya había sufrido bastante por su falta, si es que podía llamarse falta a aquello. Lo que había hecho lo hizo por descuido y no con mala intención. El Cazador Afortunado afirmó que se culpaba a sí mismo; si hubiera sabido pescar correctamente nunca habría perdido su anzuelo y, por lo tanto, todo aquel problema se debía, en primer lugar, a que él mismo había intentado hacer algo que no sabía hacer. Así que suplicó al Rey del Mar que perdonara a su súbdito.

¿Quién podría resistirse a las súplicas de un juez tan sabio y compasivo? Ryn Jin perdonó de inmediato a su súbdito, a petición de su augusto invitado. El tai se puso tan contento que agitó las aletas en muestra de alegría, y luego él y todos los demás peces salieron de en presencia de su Rey, alabando las virtudes del Cazador Afortunado.

Ahora que había encontrado el anzuelo, el Cazador Afortunado no tenía nada que lo retuviera en Ryn Gu, y estaba ansioso por volver a su propio reino y hacer las paces con su enojado hermano, el Pescador Habilidoso; pero el Rey del Mar, que había aprendido a quererle y que de buena gana lo hubiera retenido consigo como a un hijo, le rogó que no se fuera tan pronto, sino que hiciera del Palacio del Mar su hogar todo el tiempo que quisiera. Mientras el Cazador Afortunado seguía dudando, llegaron las dos encantadoras princesas, Tayotama y Tamayori, y con reverencias y voces de lo más dulces se unieron a su padre para presionarle a que se quedara, de modo que no pudo decirles «no» sin parecer descortés, y se vio obligado a quedarse por algún tiempo.

Entre el Reino del Mar y la Tierra no se percibía el paso del tiempo, y el Cazador Afortunado descubrió que tres años pasaban con rapidez en aquella tierra maravillosa. Los años transcurren con celeridad cuando alguien es verdaderamente feliz. Pero aunque las maravillas de aquella tierra encantada parecían ser nuevas cada día, y aunque la amabilidad del Rey del Mar parecía más bien aumentar que disminuir con el tiempo, el Cazador Afortunado añoraba cada vez más su hogar, a medida que pasaban los días, y no podía contener una gran ansiedad por saber qué había sido de su hogar, de su país y de su hermano mientras había estado fuera.

Así que al final se dirigió al Rey del Mar y le dijo:

—Mi estancia aquí, junto a vosotros, ha sido de lo más feliz y os estoy muy agradecido por toda vuestra amabilidad hacia mí, pero gobierno Japón y, por encantador que sea este lugar, no puedo ausentarme para siempre de mi país. También debo devolver el anzuelo a mi hermano y pedirle perdón por haberle privado de él durante tanto tiempo. Siento mucho separarme de vosotros, pero esta vez no puedo evitarlo. Con vuestro permiso, me despido hoy. Espero haceros otra visita algún día. Por favor, desechad la idea de que me quede más tiempo.

El rey Ryn Jin se sintió invadido por la tristeza al pensar que debía perder a su amigo, que había sido fuente de gran diversión en el Palacio del Mar, y sus lágrimas fluyeron con liberalidad mientras respondía:

—Sentimos mucho separarnos de vos, *Mikoto*, porque hemos disfrutado mucho de vuestra estancia con nosotros. Habéis sido un invitado noble y honorable, y os hemos acogido aquí de todo corazón. Comprendo perfectamente que, como gobernáis Japón, deberíais estar allí y no aquí, y que es en vano intentar reteneros más tiempo con nosotros, por mucho que nos gustaría que os quedarais. Espero que no nos olvidéis. Extrañas circunstancias nos han reunido, y confío en que la amistad así iniciada entre la Tierra y el Mar perdurará y se hará más fuerte que nunca.

Cuando el Rey del Mar terminó de hablar, se volvió hacia sus dos hijas y les pidió que trajeran las dos Joyas de las Mareas Marinas. Las dos princesas se inclinaron, se levantaron y salieron de la sala. Al cabo de unos minutos regresaron, cada una de ellas llevando en sus manos una gema centelleante, que llenaron la sala de luz. Mientras el Cazador Afortunado las miraba, se preguntaba qué podrían ser. El Rey del Mar se las recibió de sus hijas y dijo a su invitado:

—Estos dos valiosos talismanes los hemos heredado de nuestros antepasados desde tiempos inmemoriales. Ahora os los entregamos como regalo de despedida, en muestra de nuestro gran afecto por vos. Estas dos gemas se llaman Nanjiu y Kanjiu.

El Cazador Afortunado se inclinó hacia el suelo y dijo:

—Nunca podré agradeceros lo suficiente toda vuestra amabilidad para conmigo. Y ahora ¿añadiréis un favor más al resto y me diréis qué son estas joyas y qué debo hacer con ellas?

—El Nanjiu —respondió el Rey del Mar— también se llama la Joya de la Pleamar, y quien la posea puede ordenar al mar que ascienda e inunde la tierra, en el momento en que así lo desee. El Kanjiu también se llama la Joya de la Bajamar, y esta gema controla el mar y sus olas, y hará que incluso un maremoto retroceda.

Acto seguido, Ryn Jin mostró a su amigo cómo utilizar cada uno de los dos talismanes y se los entregó. El Cazador Afortunado se alegró mucho de poseer esas dos maravillosas gemas, la Joya de la Pleamar y la Joya de la Bajamar, para portarlas consigo, pues tenía la sensación de que le preservarían en caso de peligro y de enemigos en cualquier momento. Tras agradecer repetidas veces a su amable anfitrión, se dispuso a partir. El Rey del Mar y las dos princesas, Tayotama y Tamayori, así como todos los habitantes del Palacio, salieron para despedirse de él, y antes de que los ecos de la última despedida se hubieran apagado, el Cazador Afortunado salió por la puerta, pasando por delante del pozo de los recuerdos felices, que estaba a la sombra de los grandes árboles katsura, camino de la playa.

Allí encontró, en lugar de la extraña canasta en la que había llegado al Reino de Ryn Gu, un gran cocodrilo esperándole. Nunca había visto una criatura tan enorme. Medía ocho brazas de largo, desde la punta de la cola hasta el final de su largo hocico. El Rey del Mar había ordenado al monstruo que llevara al Cazador Afortunado de vuelta a Japón. Al igual que la canasta maravillosa que había fabricado Shiwozuchino Okina, podía viajar más rápido que cualquier barco de vapor, y de esa extraña manera, montado a lomos de un cocodrilo, el Cazador Afortunado regresó a su propia tierra.

En cuanto el cocodrilo lo desembarcó, el Cazador Afortunado se apresuró a comunicar al Pescador Habilidoso su regreso sano y salvo. Luego le devolvió el anzuelo que había encontrado en la boca del tai y que había sido la causa de tantos problemas entre ellos. Suplicó encarecidamente el perdón de su hermano, contándole todo lo que le había sucedido en el Palacio del Rey del Mar y las maravillosas aventuras que le habían llevado a encontrar el anzuelo.

Ahora bien, el Pescador Habilidoso había utilizado el anzuelo perdido como excusa para arrebatar el país a su hermano. Cuando su hermano lo había abandonado aquel día hacía tres años, y no había regresado, su malvado corazón se había regocijado en grado sumo, y él había usurpado sin dilación el puesto de su hermano como gobernante de la tierra, y se había hecho poderoso y rico. Y ahora, en medio del disfrute de lo que no le pertenecía, y esperando que su hermano nunca regresara para reclamar sus derechos, ocurría que el Cazador Afortunado se presentaba ante él inesperadamente.

El Pescador Habilidoso fingió otorgarle su perdón, pues ya no tenía excusa para enviar a su hermano lejos de nuevo, pero para sus adentros estaba muy enfadado y odiaba a su hermano cada vez más, hasta que al final ya no pudo soportar verlo día tras día y planeó y buscó una oportunidad para matarlo.

Un día, cuando el Cazador Afortunado paseaba por los arrozales, su hermano lo siguió con un puñal. El Cazador Afortunado sabía que su hermano lo seguía para matarle, y sintió que ahora, en aquella hora de tan gran peligro, era el momento de utilizar las Joyas de la Pleamar y la Bajamar y comprobar si lo que el Rey del Mar le había dicho era cierto o no.

Así que sacó del pecho de su vestido la Joya de la Pleamar y se la llevó a la frente. Al instante, el mar avanzó ola tras ola sobre los campos y las granjas hasta llegar al lugar en el que se encontraba su hermano. El Pescador Habilidoso se sintió asombrado y aterrorizado al ver lo que ocurría.

En pocos instantes, estaba debatiéndose en el agua y llamando a su hermano para que lo salvara de ahogarse.

El Cazador Afortunado tenía un corazón bondadoso y no pudo soportar la angustia que sufría su hermano. De inmediato guardó la Joya de la Pleamar y sacó la Joya de la Bajamar. Tan pronto como se la llevó a la altura de la frente, el mar retrocedió y retrocedió, y en poco tiempo las ondulantes inundaciones habían desaparecido, y las granjas, los campos y la tierra seca aparecieron como antes.

El Pescador Habilidoso estaba muy asustado por el peligro de muerte en el que se había visto, y se sentía sumamente impresionado por las cosas maravillosas que había visto hacer a su hermano. Ahora se daba cuenta de que había cometido un error fatal al enfrentarse a su hermano, pues lo había minusvalorado, debido a su juventud, ya que este se había vuelto tan poderoso que la marea inundaba y retrocedía siguiendo sus órdenes. Así que se humilló ante el Cazador Afortunado y le pidió perdón por todo el mal que le había hecho. El Pescador Habilidoso prometió devolver a su hermano lo que era suyo y también juró que, aunque el Cazador Afortunado fuese el hermano menor y le debiese lealtad por derecho de nacimiento, él, el Pescador Habilidoso, lo declararía su superior y se inclinaría ante él como Señor de todo Japón.

Entonces el Cazador Afortunado anunció a su vez que perdonaría a su hermano si arrojaba a la marea menguante todas sus malas prácticas. El Pescador Habilidoso así lo prometió y hubo paz entre los dos hermanos. A partir de entonces, cumplió su palabra y se convirtió en un buen hombre y en un hermano bondadoso.

El Cazador Afortunado gobernó pues su Reino sin verse perturbado por luchas familiares, y hubo paz en Japón durante mucho, mucho tiempo. Por encima de todos los tesoros de su casa, apreciaba las maravillosas Joyas de la Pleamar y la Bajamar que le había regalado Ryn Jin, el Rey Dragón del Mar.

Y este es el final feliz de la historia del Cazador Afortunado y el Pescador Habilidoso

EL CORTADOR DE BAMBÚ
Y LA NIÑA DE LA LUNA

Hace mucho, mucho tiempo, vivía un viejo cortador de bambú. Era muy pobre y también estaba triste, pues el Cielo no le había enviado ningún hijo que le alegrase la vejez, y en su corazón no había ya esperanza de descansar del trabajo hasta que le llegara la muerte y yaciese en la quietud de la tumba. Todas las mañanas salía a los bosques y colinas, donde el bambú alzaba sus gráciles penachos verdes contra el cielo. Una vez que había hecho su elección, abatía tales plumas del bosque y, partiéndolas longitudinalmente, o cortándolas por los nudos, llevaba la madera de bambú a casa y la convertía en diversos artículos para el hogar, y así él y su anciana esposa ganaban un pequeño sustento vendiéndolos luego.

Una mañana, como de costumbre, había salido a realizar su trabajo y, habiendo encontrado un hermoso soto de bambúes, se había puesto a cortar algunos. De pronto, la verde arboleda de bambúes se inundó con una luz suave y brillante, como si la luna llena hubiera salido sobre aquel lugar. Mirando a su alrededor con asombro, vio que el resplandor procedía de un bambú en concreto. El anciano, lleno de pasmo, dejó caer su hacha y se dirigió hacia la luz. Al acercarse a ella, comprobó que aquel suave resplandor procedía de un hueco en el tallo del bambú verde, y lo que era aún más maravilloso de contemplar, en medio del resplandor había un pequeño ser humano de solo cinco centímetros de altura y de exquisita belleza.

—Deben de haberte enviado para mí, niña, porque te encuentro aquí, entre los bambús, que es donde está mi trabajo diario —dijo el anciano.

Tomando a la pequeña criatura en su mano, se la llevó a casa, a su mujer, para que la criara. La niña era tan hermosa y tan pequeña que la anciana la metió en una cesta para protegerla de cualquier daño. La pareja de ancianos se sintió muy feliz, pues durante toda su vida habían lamentado no haber tenido hijos propios, y ahora, con gran alegría, pudieron dedicar todo el amor de su vejez a la niña que había llegado a ellos de aquella maravillosa manera.

A partir de entonces, el anciano encontraba a menudo oro en las muescas de los bambúes, cuando los talaba y los cortaba; y también piedras preciosas. Poco a poco se fue haciendo rico. Se construyó una hermosa casa y dejó de ser conocido como el pobre leñador de bambúes para ser afamado como un hombre rico.

Pasaron con rapidez tres meses y, en ese tiempo, la niña del bambú se convirtió en una muchacha, por lo que sus padres adoptivos le arreglaron el pelo y la vistieron con hermosos kimonos. Era de una belleza tan maravillosa que la colocaron detrás de los biombos, como a una princesa, y no permitían que nadie la viera, reservándosela para ellos mismos. Parecía estar hecha de luz, pues la casa rebosaba de un suave resplandor, de modo que incluso en la oscuridad de la noche aparentaba ser de día. Su presencia parecía ejercer una influencia benigna sobre los que se encontraban presentes. Cada vez que el anciano se sentía triste, le bastaba con mirar a su hija adoptiva para que su pena desapareciera y se sintiera tan feliz como cuando era joven.

Por fin, llegó el día de dar el nombre a su recién nacida, así que la pareja llamó a un célebre nominador, que le puso el apelativo de Princesa Luz de Luna, porque su cuerpo desprendía una luz tan suave y brillante que podría haber sido hija del Dios Luna.

Durante tres días hubo fiesta entre canciones, bailes y música. Todos los amigos y parientes de la anciana pareja estuvieron presentes, y disfrutaron enormemente de los festejos organizados para celebrar el nombramiento de la Princesa Luz de Luna. Todos aquellos que la vieron declararon que nunca se había conocido a nadie tan adorable; todas las bellezas a lo largo y ancho de la tierra palidecerían a su lado, según decían. La fama de la hermosura de la Princesa se extendió por todas partes, y muchos fueron los pretendientes que desearon obtener su mano, o al menos tan solo verla.

Los pretendientes, llegados de lejos y de cerca, se apostaban frente a la casa y abrieron pequeños agujeros en la verja, con la esperanza de ver a la Princesa cuando iba de una habitación a otra por el porche. Permanecían allí día y noche, sacrificando incluso el sueño por tener una oportunidad de verla, pero todo era en vano. Entonces, se llegaron a la casa e intentaron hablar con el anciano y su esposa, o con alguno de los criados, pero ni siquiera esto les fue concedido. Sin embargo, a pesar de todas aquellas decepciones, se quedaron día tras día y noche tras noche, dando por buenas las fatigas, pues tan grande era su deseo de ver a la Princesa.

Al final, sin embargo, la mayoría de los hombres, viendo lo inútil de su búsqueda, perdieron el ánimo y la esperanza y regresaron a sus hogares. Todos menos cinco caballeros, cuyo ardor y determinación, en lugar de disminuir, parecían aumentar con los obstáculos. Estos cinco hombres incluso se quedaron sin comer, y tomaban bocados de lo que pudieron conseguir que les trajeran, para poder estar siempre en el exterior de la morada. Estaban allí hiciera el tiempo que hiciese, con sol y con lluvia. A veces, escribían cartas a la princesa, pero no recibían respuesta. Entonces, al ver que las cartas no obtenían respuesta, le escribieron poemas en los que le daban cuenta del amor desesperado que les impedía dormir, comer, descansar e incluso vivir. Incluso así, Princesa Luz de Luna no dio señales de haber recibido sus versos.

Pasaron el invierno en ese estado de desesperación. La nieve, la escarcha y los vientos fríos dieron paso gradualmente al suave calor de la primavera. Luego llegó el verano, y el sol ardió blanco y abrasador en lo alto del cielo y sobre la tierra, y los fieles caballeros siguieron vigilando y esperando. Al cabo de aquellos largos meses, recurrieron al viejo cortador de bambú y le suplicaron que tuviera piedad de ellos y que les mostrase la Princesa, pero él solo respondió que, como no era su verdadero padre, no podía insistir en que le obedeciera en contra de sus deseos.

Los cinco Caballeros, al recibir aquella respuesta inflexible, regresaron a sus hogares y reflexionaron sobre la mejor manera de conmover el corazón de la orgullosa Princesa hasta el punto de lograr que les concediese una audiencia. Tomaron sus rosarios en la mano y se arrodillaron ante los santuarios de sus casas, y quemaron precioso incienso, rezando a Buda para que les concediera el deseo de su corazón. De esta guisa pasaron varios días, pero ni aun así pudieron descansar en sus hogares.

De modo que de nuevo se pusieron en camino hacia la casa del cortador de bambú. Esta vez el viejo salió a recibirlos, y ellos le pidieron que les dijera si la Princesa había tomado la resolución de no ver nunca a ningún hombre, y le imploraron que hablara por ellos y le contara la grandeza de su amor, y cuánto tiempo habían esperado durante el frío del invierno y bajo el calor del verano, sin dormir y sin techo durante todo ese tiempo, sin comida y sin descanso, con la ardiente esperanza de conquistarla, y que estaban dispuestos a considerar esta larga vigilia como un placer si ella les daba una oportunidad de defender su causa en su presencia.

El anciano prestó oídos a su historia de amor, pues en el fondo de su corazón sentía lástima por aquellos fieles pretendientes, y le habría gustado ver a su encantadora hija adoptiva casada con uno de ellos. Así que se acercó a la Princesa Luz de Luna y le dijo reverentemente:

—Aunque siempre te he considerado un ser celestial, me he tomado el trabajo de criarte como a mi propia hija y te has beneficiado de la protección de mi techo. ¿Te negarás a hacer aquello que deseo?

Entonces, la Princesa Luz de Luna le respondió que estaba dispuesta a hacer por él lo necesario, que lo honraba y amaba como a su propio padre, y que, en cuanto a sí misma, no recordaba el tiempo anterior a su venida a este mundo. El anciano la escuchó con gran alegría, mientras ella pronunciaba estas obedientes palabras. Luego le habló de lo ansioso que se sentía de verla felizmente casada antes de morir.

—Soy un anciano, tengo cerca de setenta años y mi fin puede llegar en cualquier momento. Es necesario y justo que atiendas a estos cinco pretendientes y elijas a uno de ellos.

—Oh, ¿por qué debo hacer tal cosa? —quiso saber la princesa, disgustada—. No deseo casarme ahora.

—Te encontré hace muchos años—respondió el anciano—, cuando eras una pequeña criatura de cinco centímetros de altura, en medio de una gran luz blanca. La luz brotaba del bambú en el que estabas oculta y me condujo hasta ti. Por eso siempre he pensado que eres algo más que una mujer mortal. Mientras yo viva, está bien que permanezcas en el presente estado, si eso es lo que deseas, pero algún día abandonaré esta existencia, y ¿quién cuidará de ti entonces? Por eso, te ruego que recibas a estos cinco valientes, de uno en uno, y decidas con cuál de ellos te habrás de casar.

Entonces, la Princesa le respondió que estaba convencida de que no era tan hermosa como lo que tal vez se contaba y la hacía parecer, y que, aunque consintiera en casarse con cualquiera de esos pretendientes, sin que ellos la conocieran de verdad previamente, los sentimientos de ese hombre podrían cambiar después. Así que, como no se sentía segura de ellos, aunque su padre le dijera que eran dignos Caballeros, no le parecía prudente atenderlos.

—Todo eso que dices es muy razonable —dijo el anciano—; pero ¿qué clase de hombres estarías dispuesta a atender? No considero ligeros de corazón a estos cinco hombres que te han requerido durante meses. Han permanecido en el exterior de esta casa durante el invierno y el verano, privándose a menudo de la comida y el sueño para poder conquistarte.

¿Qué más puedes pedir?

Entonces, la Princesa Luz de Luna dijo que debía poner a prueba su amor una vez más, antes de acceder a la petición que hacían de entrevistarse con ella. Los cinco guerreros debían probar su amor trayéndole de países lejanos algo que ella deseara poseer.

Esa misma noche, llegaron los pretendientes y empezaron a tocar sus flautas por turnos y a cantar canciones compuestas por ellos mismos, en las que hablaban de su gran e incansable amor. El cortador de bambú se llegó hasta ellos y les mostró su simpatía por todo lo que habían soportado y por toda la paciencia que habían demostrado, llevados por el deseo de conquistar a su hija adoptiva. Luego, les dio el mensaje de esta: que ella consentiría en casarse con quien tuviera éxito en traerle lo que ella quería. Una petición hecha para ponerlos a prueba.

Los cinco aceptaron pasar la prueba, y consideraron que era un plan excelente, pues evitaría que surgieran los celos entre ellos.

La Princesa Luz de Luna envió entonces un mensaje al Primer Caballero, pidiéndole que le trajera el cuenco de piedra que había pertenecido a Buda en la India.

Pidió al Segundo Caballero que fuera a la montaña de Horai, que se decía estaba situada en el Mar del Este, y que le trajera una rama del maravilloso árbol que crecía en su cima. Las raíces de este árbol eran de plata, el tronco de oro y las ramas daban como frutos joyas blancas.

Al Tercer Caballero se le dijo que fuera a China a buscar a la rata de fuego y que le trajera su piel.

Al Cuarto Caballero se le encargó que buscara al dragón que llevaba en la cabeza la piedra que irradiaba cinco colores y que se la trajera.

El Quinto Caballero debía encontrar la golondrina que llevaba una concha en el estómago y traérsela.

El viejo consideró que eran tareas muy arduas y dudó a la hora de llevar tales mensajes, pero la Princesa no puso más condiciones. Así que sus órdenes fueron transmitidas palabra por palabra a los cinco hombres que, cuando oyeron lo que se les pedía, se sintieron descorazonados y disgustados por lo que les parecía la imposibilidad de llevar a cabo las tareas encomendadas, y regresaron a sus propias casas, desesperados.

Pero con el transcurso del tiempo, cuando pensaban en la Princesa, el amor que sentían por ella revivía en sus corazones, y resolvieron hacer un intento por conseguir lo que ella les requería.

El Primer Caballero mandó aviso a la Princesa de que ese mismo día partía en busca del cuenco de Buda, y que esperaba traérselo pronto. Pero no tenía valor para ir hasta la India, pues en aquella época viajar era muy difícil y lleno de peligros, así que se dirigió a uno de los templos de Kioto y cogió un cuenco de piedra del altar, pagando al sacerdote una gran suma de dinero por el mismo. Luego lo envolvió en un paño de oro y, tras esperar tranquilamente durante tres años, regresó y se lo llevó al anciano. La Princesa Luz de Luna se extrañó de que el caballero hubiera regresado tan pronto. Sacó el cuenco de su envoltorio de oro, esperando que llenara de luz la habitación, pero no brilló en absoluto, por lo que supo que se trataba de una farsa y no del verdadero cuenco de Buda. Lo devolvió inmediatamente y se negó a verle. El Caballero tiró el cuenco y regresó a su casa sumido en la desesperación. Renunció a toda esperanza de conquistar a la princesa.

El Segundo Caballero dijo a sus padres que necesitaba cambiar de aires por motivos de salud, pues le avergonzaba decirles que el amor por la Princesa Luz de Luna era la verdadera causa de su marcha. Luego, abandonó su hogar, al mismo tiempo que avisaba a la Princesa de que partía hacia el monte Horai con la esperanza de conseguirle una rama del árbol de oro y plata que ella tanto deseaba tener. Solo permitió que sus servidores lo acompañaran hasta la mitad del camino, y luego los envió de vuelta. Llegó a la orilla del mar, se embarcó en un pequeño navío y, tras navegar durante tres días, desembarcó y contrató a varios carpinteros para que le construyeran una casa ideada de tal manera que nadie pudiera acceder a ella. Después, se encerró en ella con seis joyeros expertos, y se esforzó en fabricar una rama de oro y plata que creyó que pasaría ante la Princesa como procedente del maravilloso árbol que crecía en el monte Horai. Todos a los que había preguntado declararon que el monte Horai pertenecía al terreno de las fábulas y no al de las realidades.

Una vez terminada la rama, emprendió el viaje de vuelta a casa y trató de aparentar cansancio y agotamiento por el viaje. Guardó la rama enjoyada en una caja de laca y se la llevó al cortador de bambú, rogándole que se la entregase a la Princesa.

El anciano se engañó por el aspecto del caballero y pensó que acababa de regresar de su largo viaje con la rama. Así que trató de persuadir a la princesa para que accediera a ver al hombre. Pero ella permaneció en silencio y parecía muy triste. El anciano comenzó por sacar la rama y la alabó como un tesoro maravilloso que no se encontraba en ningún lugar de la tierra. Luego habló del Caballero, de lo apuesto y valiente que era por haber emprendido un viaje a un lugar tan remoto como el monte de Horai.

La Princesa Luz de Luna cogió la rama y, sosteniéndola en su mano, la observó con detenimiento. Luego, dijo a su padre adoptivo que sabía que era imposible que aquel hombre hubiera obtenido una rama del árbol de oro y plata que crecía en el monte Horai tan rápido o tan fácilmente, y que lamentaba decir que la consideraba fabricada.

El anciano salió entonces hacia el expectante Caballero, que ya se había acercado a la casa, y le preguntó dónde había encontrado la rama. Entonces, aquel hombre no tuvo escrúpulos en inventarse una larga historia.

—Hace dos años, tomé un barco y partí en busca del monte Horai. Después de ir contra el viento durante algún tiempo, llegué al lejano mar del Este. Entonces, se levantó una gran tormenta y me vi zarandeado durante muchos días, de modo que perdí la noción de dónde estaban los puntos cardinales, hasta que, por último, desembarcamos en una isla desconocida. Allí, me encontré con que el lugar estaba habitado por demonios que, en un momento dado, amenazaron con matarme y devorarme. Sin embargo, logré entablar amistad con aquellas horribles criaturas, y me ayudaron a mí y a mis marineros a reparar el barco, y zarpé de nuevo. Nuestra comida se agotó y sufrimos muchas enfermedades a bordo. Por último, a los quinientos días de haber zarpado, vi a lo lejos, en el horizonte, lo que parecía la cima de una montaña. Al acercarme, resultó ser una isla, en cuyo centro se alzaba una alta montaña. Desembarqué y, tras deambular por ella durante dos o tres días, vi en la playa a un ser resplandeciente que venía hacia mí, sosteniendo en sus manos un cuenco de oro. Me acerqué a él y le pregunté si, por casualidad, había encontrado la isla del monte Horai, y me respondió: «¡Sí, este es el monte Horai!».

»Ascendí con mucha dificultad, hasta alcanzar la cima, donde se alzaba el árbol dorado que crecía con raíces plateadas en el suelo. Las maravillas de aquella tierra extraña son muchas y, si empezara a contárselas, no podría acabar nunca. A pesar de mi deseo de permanecer allí mucho tiempo, tras quebrar la rama, me apresuré a regresar. Pese a que viajé con la mayor rapidez posible, he tardado cuatrocientos días en volver, y como ve, mis ropas están todavía húmedas por la exposición que sufrí durante el largo viaje por mar. Ni siquiera he esperado a cambiarme de ropa, tan ansioso estaba por traer con la mayor rapidez la rama a la Princesa.

En aquel momento, llegaron a la casa los seis joyeros que habían trabajado en la fabricación de la rama, pero a los que el Caballero aún no había pagado, e hicieron llegar una petición a la Princesa para que les retribuyese por su trabajo. Afirmaban haber trabajado más de mil días en la fabricación de la rama de oro, con sus ramitas de plata y su fruto enjoyado —esa misma que ahora presentaba el Caballero—, pero que aún no habían recibido nada en pago. Descubierto así el engaño del Caballero, la Princesa, contenta de librarse de otro pretendiente importuno, no tuvo inconveniente en devolver la rama. Llamó a los obreros e hizo que les pagaran generosamente. Pero en el camino a casa los alcanzó el decepcionado pretendiente, que los golpeó hasta casi matarlos por haber revelado el secreto, y apenas escaparon con vida. El Caballero regresó entonces a su casa con el corazón lleno de ira y, desesperado por no poder conquistar nunca a la princesa, renunció a vivir en sociedad y se retiró a una vida solitaria en las montañas.

El Tercer Caballero tenía un amigo en China, así que le escribió para informarse de cómo conseguir la piel de la rata de fuego. La virtud de cualquier parte de este animal era que ningún fuego podía dañarla. Prometió a su amigo la suma de dinero que quisiera pedirle, con tal de que le consiguiera el artículo deseado. Tan pronto como llegó la noticia de que el barco en el que su amigo volvía a casa había llegado a puerto, cabalgó durante siete días para ir a su encuentro. Entregó a su amigo una gran suma de dinero y recibió la piel de la rata de fuego. Cuando llegó a casa, la metió cuidadosamente en una caja y se la hizo llegar a la Princesa, mientras esperaba en el exterior su respuesta.

El cortador de bambú cogió la caja del Caballero y, como de costumbre, se la llevó a ella, y trató de convencerla para que recibiera al Caballero de inmediato, pero la Princesa Luz de Luna se negó a ello, diciendo que primero debía probar la piel poniéndola en el fuego. Si era auténtica, no se quemaría. Quitó el envoltorio de crepé, abrió la caja y arrojó la piel al fuego. La piel crepitó y se quemó enseguida, y la Princesa supo que aquel hombre tampoco había cumplido su palabra. Así que el Tercer Caballero también fracasó.

El Cuarto Caballero no era más emprendedor que los demás. En lugar de partir en busca del dragón que llevaba sobre su cabeza la joya de cinco colores irradiantes, reunió a todos sus sirvientes y les dio la orden de buscarla por todo Japón y China, y prohibió terminantemente a todos ellos que regresaran hasta que no la hubiesen encontrado.

Sus numerosos criados y servidores partieron en diferentes direcciones, sin intención, sin embargo, de obedecer lo que consideraban una orden imposible. Simplemente se tomaron unas vacaciones, fueron juntos a agradables lugares campestres y refunfuñaron acerca de la irracionalidad de su señor.

Mientras tanto, el Caballero, pensando que sus criados no podían dejar de encontrar la joya, se dirigió a su casa y la acondicionó maravillosamente para cuando hubiera de recibir a la Princesa, tan seguro se sentía de conquistarla.

Pero pasó un año de fatigosa espera y sus hombres seguían sin regresar con la joya del dragón. El Caballero se desesperó. No podía aguardar más, así que, en compañía de solo dos hombres, alquiló un barco y ordenó al capitán que fuera en busca del dragón; el capitán y los marineros se negaron a emprender lo que decían que era una búsqueda absurda, pero el Caballero les obligó finalmente a hacerse a la mar.

Cuando llevaban unos pocos días de viaje, se toparon con una gran tormenta que duró tanto que, para cuando amainó su furia, el Caballero había decidido abandonar la caza del dragón. Por fin llegaron a la costa, pues la navegación era primitiva en aquella época. Agotado por los viajes y la ansiedad, el cuarto pretendiente se entregó al descanso. Había cogido un fuerte resfriado y tuvo que irse a la cama con la cara hinchada.

El gobernador del lugar, al enterarse de su difícil situación, envió mensajeros con una carta en la que le invitaba a su casa. Mientras estaba allí pensando en todos sus problemas, su amor por la princesa se convirtió en ira y la culpó de todas las penurias que había sufrido. Pensó que era muy probable que ella hubiera querido matarlo para librarse de él y que, para cumplir tal deseo, lo había enviado en aquella búsqueda imposible.

En ese momento todos los criados que había enviado a buscar la joya acudieron a verle, y se sorprendieron al ver que les esperaban elogios en lugar de reproches. Su amo les dijo que estaba harto de aventuras y que no pensaba, en el futuro, volver a acercarse a la casa de la princesa.

Como todos los demás, el Quinto Caballero fracasó también en su búsqueda: no pudo encontrar la concha de la golondrina.

Para entonces, la fama de la belleza de la Princesa Luz de Luna había llegado a oídos del Emperador, y este envió a una de las damas de la Corte para comprobar si realmente era tan hermosa como se decía; de ser así, la llamaría a Palacio y la convertiría en una de sus damas de compañía.

Cuando llegó la dama de la Corte, a pesar de las súplicas de su padre, la Princesa Luz de Luna se negó a verla. El mensajero imperial insistió, diciendo que era una orden del Emperador. Entonces la Princesa Luz de Luna dijo al anciano que, si la obligaban a ir a Palacio obedeciendo la orden del Emperador, desaparecería del mundo.

Cuando el Emperador se enteró de que la princesa se negaba obstinadamente a acudir a su llamada y de que, si se la presionaba para que obedeciera, desaparecería por completo de la vista, decidió ir a verla en persona. Así que planeó ir de caza a los alrededores de la casa del cortador de bambú y ver a la princesa por sí mismo. Comunicó su intención al anciano, que dio su consentimiento. Al día siguiente, el Emperador partió con su séquito, al que pronto consiguió dejar atrás. Encontró la casa del cortador de bambú y desmontó. Entró en la casa y se dirigió directamente a donde estaba sentada la princesa, junto con las doncellas que la acompañaban.

Nunca había visto a ninguna mujer tan maravillosamente bella, y no podía dejar de mirarla, pues era más encantadora que cualquier ser humano, al brillar con su propio y tenue resplandor. Cuando la Princesa Luz de Luna se dio cuenta de que un extraño la observaba, intentó escapar de la habitación, pero el Emperador la atrapó y le rogó que escuchara lo que tenía que decirle. Su única respuesta fue esconder la cara entre las mangas.

El Emperador se enamoró profundamente de ella y le rogó que fuera a la Corte, donde le daría un puesto de honor y todo cuanto pudiera desear. Estaba a punto de mandar llamar a uno de los palanquines imperiales para que se la llevara de inmediato, diciendo que su gracia y belleza debían adornar una Corte, y no estar escondidas en la cabaña de un cortador de bambú, pero la Princesa se lo impidió. Dijo que, si se veía obligada a ir a Palacio, se convertiría de inmediato en una sombra, e incluso mientras hablaba empezó a perder su forma. Su figura se desvaneció ante su vista mientras él la contemplaba. El Emperador prometió dejarla libre si recuperaba su forma anterior, y ella así lo hizo.

Ya era hora de que el Emperador regresara, pues su séquito se preguntaría qué le había sucedido a su Real señor al echarle de menos durante tanto tiempo. Así que se despidió de ella y abandonó la casa con el corazón triste. La Princesa Luz de Luna era, para él, la mujer más hermosa del mundo; todas las demás resultaban oscuras a su lado, y pensaba en ella noche y día. Su Majestad dedicaba ahora gran parte de su tiempo a escribir poemas en los que le hablaba de su amor y devoción, y se los enviaba, y aunque ella se negaba a volver a verle, le respondía con muchos versos de su propia autoría, en los que le decía con dulzura y amabilidad que nunca podría casarse con nadie en esta tierra. Tales cancioncillas siempre le causaban placer.

En aquella época, sus padres adoptivos se dieron cuenta de que, noche tras noche, la Princesa se sentaba en su balcón y contemplaba durante horas la Luna, con un estado de ánimo de lo más abatido, que terminaba siempre en un estallido de lágrimas. Una noche, el anciano la encontró llorando como si se le hubiera roto el corazón, y le rogó que le contara el motivo de su tristeza.

Con muchas lágrimas le dijo que había acertado al suponer que ella no pertenecía a este mundo, que en realidad había venido de la Luna y que su tiempo en la Tierra pronto terminaría. El día quince de ese mismo mes de agosto sus amigos de la Luna acudirían a buscarla y ella tendría que regresar. Sus padres estaban allí, pero ella, que había pasado toda su vida en la Tierra, los había olvidado, así como el mundo lunar al que pertenecía. Decía que le hacía llorar la idea de abandonar a sus amables padres adoptivos y el hogar donde había sido feliz durante tanto tiempo. Cuando los suyos oyeron esto, se pusieron muy tristes, y no podían comer ni beber debido al pesar que les causaba el pensar que la Princesa iba a dejarlos tan pronto. El Emperador, en cuanto le comunicaron la noticia, envió mensajeros a la casa para averiguar si aquello que le habían contado era cierto o no.

El viejo cortador de bambú salió al encuentro de los mensajeros imperiales. Los últimos días de dolor habían hecho mella en el anciano; había envejecido mucho y aparentaba más de sus setenta años. Llorando amargamente, les dijo que las informaciones eran lamentablemente ciertas, pero que, sin embargo, tenía la intención de hacer prisioneros a los enviados de la Luna, y hacer todo lo posible para evitar que la Princesa fuera llevada de vuelta.

Los enviados regresaron y contaron a Su Majestad todo lo sucedido. El decimoquinto día de ese mes, el Emperador envió una guardia de dos mil guerreros para vigilar la casa. Mil se apostaron en el tejado y otros mil vigilaron todas las entradas de la casa. Todos eran arqueros bien entrenados, con arcos y flechas. El cortador de bambú y su esposa escondieron a la Princesa Luz de Luna en una habitación interior.

El anciano ordenó que nadie durmiera esa noche, que todos en la casa mantuvieran una estricta vigilancia y estuvieran listos para proteger a la Princesa. Con tales precauciones, y la ayuda de los hombres de armas del Emperador, esperaba resistir a los mensajeros de la Luna, pero la Princesa le dijo que todas estas medidas para protegerla serían inútiles y que, cuando su gente acudiera a por ella, nada podría impedirles llevar a cabo su propósito. Incluso los hombres del Emperador serían impotentes. Luego añadió entre lágrimas que lamentaba muchísimo dejarles a él y a su esposa, a quienes había aprendido a querer como a sus padres; que si pudiera hacer lo que ella quisiera, se quedaría con ellos en su vejez, y trataría de corresponderles de alguna manera por todo el amor y la bondad que le habían entregado durante toda su vida terrenal.

¡La noche avanzaba! La amarilla luna otoñal se elevó a lo alto de los cielos, inundando el mundo dormido con su luz dorada. El silencio reinaba en los bosques de pinos y bambúes, y en el tejado donde esperaban los mil hombres de armas.

Luego la noche se volvió gris, acercándose hacia el amanecer, y todos esperaban que el peligro hubiera pasado y que la Princesa Luz de Luna no tuviera que abandonarlos después de todo. Pero de pronto los observadores vieron formarse una nube alrededor de la Luna y, mientras miraban, tal nube comenzó a flotar hacia la Tierra. Se acercaba cada vez más, y todos constataron llenos de consternación que se dirigía hacia la casa.

En poco tiempo, el cielo se oscureció por completo, hasta que por fin la nube se posó sobre la vivienda, a solo tres metros del suelo. En el centro de la nube había un carro volador y, en ese carro, un grupo de seres luminosos. Uno de ellos, que tenía aspecto de rey y parecía ser el jefe, bajó del carro y, suspendido en el aire, llamó al anciano para que saliera.

—Ha llegado el momento —dijo— de que la Princesa Luz de Luna regrese a la Luna, de donde vino. Cometió una falta grave y, como castigo, fue enviada a vivir aquí abajo durante un tiempo. Sabemos lo bien que has cuidado de la Princesa y te hemos recompensado por ello, enviándote riqueza y prosperidad. Fuimos nosotros los que pusimos el oro en los bambúes, para que lo encontrases.

—He criado a esta princesa durante veinte años y ni una sola vez ha hecho algo malo; por lo tanto, la dama que buscas no puede ser esta —dijo el anciano—. Te ruego que busques en otra parte.

Entonces el mensajero llamó en voz alta, con estas palabras:

—Princesa Luz de Luna, sal de esta humilde morada. No residirás aquí ni un momento más.

Al oír tales palabras, los paneles de la habitación de la Princesa se abrieron por sí solos, mostrando a la Princesa brillando en su propio resplandor, radiante y maravillosa, plena de belleza.

El mensajero se la llevó y la subió al carro. Ella volvió la vista atrás y observó con compasión el profundo dolor del anciano. Le dirigió muchas palabras de consuelo y le dijo que no era su voluntad abandonarle, y que siempre debía pensar en ella cuando mirase la Luna.

El cortador de bambú imploró que le permitieran acompañarla, pero no se lo consintieron. La Princesa se quitó su vestido exterior bordado y se lo entregó como recuerdo.

Uno de los seres lunares del carro portaba un maravilloso manto de alas, otro tenía una ampolla llena del Elixir de la Vida, de la que dieron a beber a la Princesa. Ella ingirió un poco y quiso dar el resto al anciano, pero se lo impidieron.

Iban a echarle el manto de alas sobre los hombros, pero ella dijo:

—Esperad un poco. No puedo olvidarme de mi buen amigo el Emperador. Debo escribirle una vez más para despedirme, mientras aún esté en esta forma humana.

A pesar de la impaciencia de los mensajeros y aurigas, les hizo aguardar mientras escribía. Colocó la ampolla del Elixir de la Vida junto a la carta y, entregándosela al anciano, le pidió que se la entregara al Emperador.

Entonces el carro empezó a rodar hacia el cielo, hacia la Luna, y mientras todos contemplaban con ojos llorosos a la Princesa que se alejaba, amaneció y, a la luz rosada del día, el carro lunar y todos sus ocupantes se perdieron entre las hinchadas nubes que ahora surcaban el cielo en alas del viento matutino.

Llevaron la carta de la Princesa Luz de Luna a Palacio. Su Majestad tenía miedo de tocar el Elixir de la Vida, así que lo envió con la carta a la cima de la montaña más sagrada del país, el monte Fuji, y allí los emisarios reales lo quemaron en lo más alto, al amanecer. Así, hasta el día de hoy la gente dice que se puede ver ese humo elevándose desde la cima del monte Fuji hacia las nubes.

FANTASMAS Y MONSTRUOS

LA HISTORIA DE MIMI-NASHI-HŌÏCHI

Hace más de setecientos años, en Dan-no-ura, en el estrecho de Shimonoseki, se libró la última batalla de la larga contienda entre los Heiké, o clan Taira, y los Genji, o clan Minamoto. Allí los Heiké perecieron al completo, con sus mujeres y sus hijos, al igual que su emperador infantil también, ahora recordado como Antoku Tenno. Y ese mar y esa costa han estado embrujados durante setecientos años... En otro lugar te hablé de los extraños cangrejos que se encuentran allí, llamados cangrejos Heiké, que tienen rostros humanos en sus espaldares y que se dice que son los espíritus de los guerreros Heiké[1]. Pero son muchas las cosas extrañas que se pueden ver y oír a lo largo de esa costa. En las noches oscuras, miles de fuegos fantasmales revolotean por la playa o sobre las olas; luces pálidas a las que los pescadores llaman *Oni-bi*, o fuegos demoníacos.

Antiguamente, los Heiké se mostraban mucho más inquietos que ahora. Se alzaban en torno a los barcos que pasaban por la noche e intentaban hundirlos; y en todo momento acechaban a los nadadores para arrastrarlos al fondo. Para apaciguar a esos muertos, levantaron el templo budista de Amidaji, en Aka-

---

[1] Véase mi *Kottō*, para una descripción de estos curiosos cangrejos.

magaseki[2]. También se construyó un cementerio en las cercanías, cerca de la playa, y en su interior se erigieron monumentos con los nombres del emperador ahogado y de sus grandes vasallos, y se celebraban ceremonias budistas allí de forma regular, para honrar a sus espíritus. Una vez construido el templo y erigidas las tumbas, los Heiké dieron menos problemas que antes, pero siguieron haciendo cosas extrañas a intervalos, lo que era demostración de que no habían encontrado del todo la paz.

Hace algunos siglos vivía en Akamagaseki un ciego llamado Hōïchi, que era famoso por su habilidad para recitar y tocar la *biwa*[3]. Le habían entrenado desde niño para recitar y tocar; y siendo todavía un muchacho, había superado a sus maestros. Como *biwa-hōshi* profesional, se hizo famoso sobre todo por sus recitados de la historia de los Heiké y los Genji; y se dice que, cuando cantaba la canción de la batalla de Dan-no-ura, «ni siquiera los duendes [*kijin*] podían ahorrarse las lágrimas».

Al principio de su carrera, Hōïchi era muy pobre; pero encontró a un buen amigo que lo ayudó. El sacerdote del Amidaji era aficionado a la poesía y a la música, y a menudo invitaba a Hōïchi al templo para que tocara y recitara. Después, muy impresionado por la maravillosa habilidad del muchacho, el sacerdote propuso que Hōïchi hiciera del templo su hogar; una oferta que el otro aceptó agradecido. Hōïchi recibió una habitación en el propio templo; y a cambio de la comida y el alojamiento, solo se le pedía que gratificara al sacerdote con una actuación musical algunas noches, cuando este último no estaba ocupado.

---

[2]   O Shimonoseki. La ciudad también se conoce con el nombre de Bakkan.

[3]   La *biwa*, una especie de laúd de cuatro cuerdas, se utiliza principalmente en recitados musicales. Antiguamente, a los juglares profesionales que recitaban el *Heiké-Monogatari* y otras historias trágicas se les llamaba *biwa-hōshi* o «sacerdotes del laúd». El origen de este apelativo no está claro; pero es posible que haya sido sugerido por el hecho de que los «sacerdotes del laúd», al igual que los chamanes ciegos, llevaban la cabeza afeitada, como los sacerdotes budistas. La *biwa* se toca con una especie de púa, llamada *bach*i, por lo general hecha de cuerno.

Una noche de verano, el sacerdote tuvo que ausentarse para celebrar un servicio budista en casa de un feligrés fallecido, y hacia allí se dirigió con su acólito, dejando a Hōïchi solo en el templo. Era una noche calurosa y el ciego trató de refrescarse en el porche ante su dormitorio. El porche daba a un pequeño jardín, situado en la parte trasera del Amidaji. Allí, Hōïchi esperó el regreso del sacerdote y trató de aliviar su soledad practicando con su *biwa*. Pasó la medianoche y el sacerdote no aparecía. Pero el ambiente seguía siendo demasiado cálido como para estar cómodo en el interior, así que Hōïchi permaneció fuera. Por fin, oyó unos pasos que se acercaban desde la puerta trasera. Alguien cruzó el jardín, avanzó hasta el porche y se detuvo frente a él, pero el recién llegado no era el sacerdote. Una voz profunda pronunció el nombre del ciego, con brusquedad y sin ceremonias, de la misma forma en que un samurái llama a un inferior.

—¡Hōïchi!

Hōïchi se sobresaltó sobremanera, al punto de que fue incapaz de responder de inmediato; y la voz le llamó de nuevo, en el tono de quien ordena con dureza:

—¡Hōïchi!

—¡Hai! —respondió el ciego, asustado por la amenaza implícita en la voz—. ¡Soy ciego! ¡No puedo saber quién me habla!

—No tienes nada que temer —exclamó el extraño, hablando con más suavidad—. Estoy alojado cerca de este templo y me han enviado a entregarte un mensaje. Mi señor actual, que es persona de muy alto rango, se encuentra ahora en Akamagaseki, con muchos nobles servidores. Deseaba conocer el emplazamiento de la batalla de Dan-no-ura, y hoy ha visitado tal lugar. Habiendo oído acerca de tu habilidad para recitar la historia de la batalla, ahora desea escuchar tu actuación: así que tomarás tu *biwa* y vendrás conmigo de inmediato a la casa donde espera la augusta asamblea.

En aquellos tiempos la orden de un samurái no se desobedecía a la ligera. Hōïchi se calzó las sandalias, cogió su *biwa* y se marchó con el desconocido, que le guio con destreza, aunque le obligó a caminar muy deprisa. La mano que lo conducía era de hierro, y el ruido metálico del paso del guerrero demostraba que iba armado hasta los dientes, probablemente porque sería algún guardia de palacio de los que estaban de servicio. La alarma que sufriera al principio Hōïchi había pasado: empezó a imaginarse a sí mismo como alguien con buena suerte; pues, recordando la aseveración del servidor sobre un «personaje de muy alto rango», supuso que el señor que deseaba escuchar el recitado no podía ser menos que un daimio de primera clase. Enseguida, el samurái se detuvo y Hōïchi se percató de que habían llegado a una gran puerta. Y se extrañó, pues no recordaba ninguna puerta grande en aquella parte de la ciudad, salvo el portón principal del Amidaji.

—¡*Kaimon*![4] —llamó el samurái.

Y se oyó un sonido de desbloqueo; y los dos siguieron adelante. Atravesaron el espacio de un jardín, y se detuvieron de nuevo ante alguna otra entrada; y el servidor gritó en voz alta:

—¡Ah, los de dentro! He traído a Hōïchi.

Entonces se oyeron pasos apresurados, paneles que se deslizaban, puertas que se abrían y voces de mujeres que conversaban. Por el lenguaje de las mujeres, Hōïchi supo que eran servidoras de alguna casa noble; pero no podía imaginar a qué lugar le habían conducido. Tuvo poco tiempo para hacer conjeturas. Tras ser ayudado a subir varios escalones de piedra, en el último de los cuales le dijeron que dejara las sandalias, una mano de mujer lo guio a lo largo de interminables tramos de tarimas pulidas, sorteando pilares angulosos, demasiados como para poder recordarlos, y sobre suelos alfombrados de dimensiones asombrosas, hasta llegar al centro de alguna estancia enorme. Supuso que allí se hallarían reunidas muchas personas importantes, pues el crujido de la seda era como el sonido de las hojas en un bosque. Oyó también

---

[4]   Término respetuoso que invita a la apertura de una puerta. Lo utilizaban los samuráis cuando llamaban a los guardias de servicio en la puerta de un señor, para que los admitieran a su presencia.

un murmullo de muchas voces que hablaban en voz baja; y esa habla era la que se empleaba en las cortes.

Le dijeron a Hōïchi que se pusiera cómodo, y encontró un cojín de rodillas que habían dispuesto para él. Después de ocupar su lugar en el mismo, y de afinar su instrumento, escuchó la voz de una mujer —de la que adivinó que pertenecía a la *Rōjo*, es decir, era una matrona encargada del servicio femenino— que se dirigía a él, diciendo:

—Ahora se le requiere que recite la historia de los Heiké, con el acompañamiento de la *biwa*.

Sin embargo, ofrecer todo el recital completo le habría requerido un lapso de tiempo de muchas noches: por lo tanto, Hōïchi aventuró la siguiente pregunta:

—Como no se cuenta en poco tiempo toda la historia, ¿qué parte desea su señoría que recite en esta ocasión?

La voz de la mujer respondió:

—Recita la historia de la batalla en Dan-no-ura, porque la pena que causa es la más profunda de todas[5].

Entonces, Hōïchi alzó la voz para entonar el canto de la lucha en el mar embravecido, haciendo que su *biwa* sonase de forma maravillosa, como el estruendo de los remos y el bogar de los barcos, el zumbido y el silbido de las flechas, el griterío y el pisoteo de los hombres, el estrépito del acero sobre los cascos, el sumergirse de los muertos en las aguas. Y a izquierda y derecha, en las pausas de su interpretación, podía oír voces que murmuraban elogios: «¡Qué maravilla de artista!», «¡Nunca en nuestra provincia se había oído tocar así!», «¡No hay en todo el imperio otro cantor como Hōïchi!». Ante tales halagos, él tomó nuevos ánimos, y tocó y cantó aún mejor que antes; y un silencio lleno de asombro se hizo más profundo a su alrededor. Pero, cuando por fin llegó a relatar el destino de los justos y desvalidos —la lamentable perdición de las

---

5   O la frase podría traducirse: «porque la pena que causa esa parte es profundísima». La palabra japonesa para «pena» en el texto original es *awaré*.

mujeres y los niños— y el salto fatídico de Nii-no-Ama, con el infante imperial en brazos, entonces todos los oyentes lanzaron juntos un largo y estremecedor grito de angustia; y a partir de ese momento, lloraron y se lamentaron tan fuerte y con tanta furia, que el ciego se asustó ante la violencia y el dolor que había provocado. Los sollozos y los lamentos continuaron largo tiempo. Pero al cabo, de forma gradual el resonar de lamentos se apagó; y de nuevo, en la gran quietud que siguió, Hōïchi oyó la voz de la mujer que suponía que era la *Rōjo*.

Ella dijo:

—Aunque nos habían asegurado que tocabas muy bien la *biwa*, y que no tenías igual en los recitados, no sabíamos que alguien pudiera ser tan hábil como tú has demostrado esta noche. Nuestro señor se ha complacido en aclarar que tiene la intención de concederte una recompensa adecuada. Pero desea que actúes para él una vez cada noche, durante las próximas seis noches, al cabo de las cuales probablemente emprenderá su augusto viaje de regreso. Mañana por la noche, por lo tanto, debes venir aquí a la misma hora. Enviarán a buscarte al servidor que te ha guiado esta noche... Y hay otro asunto sobre el que se me ha ordenado informarte. Se te requiere que no hables con nadie de tus visitas a este lugar, durante el tiempo que dure la augusta estancia de nuestro señor en Akamagaseki. Dado que viaja de incógnito[6], ordena que no se haga mención alguna a esta cuestión... Ahora eres libre de regresar a tu templo.

Después de que Hōïchi expresara debidamente su agradecimiento, una mano de mujer lo condujo hasta la entrada de la casa, donde el mismo servidor que lo había guiado antes lo esperaba para llevarlo a casa. Tal servidor lo llevó hasta el porche de la parte trasera del templo y allí se despidió de él.

Era ya casi el amanecer cuando Hōïchi regresó; pero su ausencia del templo no había sido advertida, dado que el sacerdote, al retornar a una hora muy tardía, lo había supuesto dormido. A lo largo del día, Hōïchi pudo descansar un poco; y

---

[6]   «Viajar de incógnito» es al menos el significado de la frase original, que traducida literalmente sería «hacer un augusto viaje» *(shinobi no go-ryokō)*.

nada contó de su extraña aventura. A la mitad de la noche siguiente, el samurái volvió a buscarlo y lo condujo a la augusta asamblea, donde pronunció otro recitado, con el mismo éxito que había obtenido su actuación anterior. Pero durante esta segunda visita, descubrieron de manera fortuita su ausencia del templo; y tras su regreso, ya por la mañana, lo llamaron ante el sacerdote, quien le dijo, en tono de amable reproche:

—Hemos estado muy preocupados por ti, amigo Hōïchi. Salir, ciego y solo, a una hora tan tardía, es peligroso. ¿Por qué te fuiste sin avisarnos? Podría haber ordenado a un sirviente que te acompañara. Y ¿dónde has estado?

Hōïchi respondió evasivamente.

—¡Perdóneme, amable amigo! Tenía que atender unos asuntos privados; y no podía arreglar el asunto a otra hora.

Al sacerdote le sorprendió, más que le dolió, la reticencia de Hōïchi: le pareció antinatural y sospechó que algo iba mal. Temió que el muchacho ciego hubiera sido hechizado o engañado por algún espíritu maligno. No hizo más preguntas, pero ordenó con discreción a los sirvientes del templo que vigilaran los movimientos de Hōïchi y que lo siguieran en caso de que volviera a salir del templo al anochecer.

A la noche siguiente, vieron a Hōïchi salir del templo, y los sirvientes encendieron sin dilación sus linternas y lo siguieron. Pero era una noche lluviosa y muy oscura y, antes de que los habitantes del templo pudieran llegar a la calzada, Hōïchi había desaparecido. Era obvio que había caminado muy deprisa; cosa extraña, habida cuenta de su ceguera, pues el camino estaba en mal estado. Los hombres se apresuraron a recorrer las calles, preguntando en todas las casas que Hōïchi solía visitar; pero nadie pudo dar noticias de él. Por fin, cuando regresaban al templo por la costa, les sobresaltó el sonido de una *biwa*, tocada con intensidad, en el cementerio de los Amidaji. Salvo algunos fuegos fantasmales —como los que suelen revolotear por allí en las noches tenebrosas—, todo estaba a oscuras por esa zona. Pero los hombres se dirigieron de inmediato hacia el cementerio; y allí, con la ayuda de sus linternas, descubrieron a Hōïchi, sentado solo bajo la lluvia, ante la tumba conmemorativa de Antoku Tenno, tañendo su *biwa* y entonando en voz alta el cántico de la batalla de Dan-no-ura. Y detrás de él, y a su alrededor, así como por todas partes encima de las tumbas, ardían como velas los fuegos de los muertos. Nunca antes había aparecido una hueste tan grande de *Oni-bi* a los ojos del hombre mortal...

—¡Hōïchi San! ¡Hōïchi San! —gritaron los servidores—. ¡Estás embrujado, Hōïchi San!

Pero el ciego no parecía oír. Hacía sonar enérgicamente su *biwa* y cada vez con más fuerza entonaba el canto de la batalla de Dan-no-ura. Lo agarraron, le gritaron al oído:

—¡Hōïchi San! ¡Hōïchi San! ¡Ven a casa con nosotros de una vez!

Él contestó en tono de reproche:

—No es tolerable que se me interrumpa de esta manera, ante esta augusta asamblea.

A pesar de lo extraño del asunto, los servidores no pudieron evitar reírse. Seguros de que había sido embrujado, lo agarraron, lo pusieron en pie y lo llevaron a toda prisa al templo, donde por orden del sacerdote le quitaron de inmediato la ropa mojada, lo vistieron de nuevo y le hicieron comer y beber. Luego, el sacerdote insistió en que se le diera una explicación completa del sorprendente comportamiento de su amigo.

Hōïchi dudó mucho antes de hablar. Pero al fin, al comprobar que su conducta había alarmado y enojado de veras al buen sacerdote, decidió abandonar su reserva; y relató todo lo que había sucedido desde la primera visita del samurái.

El sacerdote dijo:

—Hōïchi, mi pobre amigo, ¡ahora corres un gran peligro! ¡Qué desgracia que no me hayas contado todo esto antes! Tu maravillosa habilidad para la música te ha metido en un extraño embrollo. A estas alturas ya debes de saber que no has estado visitando ninguna casa, sino que has estado pasando las noches en el cementerio, entre las tumbas de los Heiké; y que fue ante la tumba conmemorativa de Antoku Tenno donde nuestra gente te encontró esta noche, sentado bajo la lluvia. Todo lo que has estado imaginando era una ilusión, excepto la llamada de los muertos. Al obedecerles una vez, te has puesto en su poder. Si vuelves a obedecerles, después de lo que ya ha ocurrido, te harán pedazos. Aunque te habrían destruido, de todas maneras, tarde o temprano. Ocurre que no podré quedarme contigo esta noche, porque me han llamado para realizar otro servicio. Pero antes de irme, será necesario proteger tu cuerpo escribiendo textos sagrados sobre él.

Antes de la puesta del sol, el sacerdote y su acólito desnudaron a Hōïchi: luego, con sus pinceles de escribir, trazaron sobre su pecho y espalda, cabeza y cara y cuello, extremidades y manos y pies —incluso sobre las plantas de sus pies, así como sobre todas las partes de su cuerpo—, el texto del santo sûtra llamado *Hannya-Shin-Kyō*[7]. Una vez hecho esto, el sacerdote instruyó a Hōïchi, diciéndole:

—Esta noche, en cuanto me vaya, debes sentarte en el porche y esperar. Te llamarán. Pero, pase lo que pase, no respondas ni te muevas. No digas nada y quédate quieto, como si estuvieras meditando. Si te mueves o haces ruido, te harán pedazos. No te asustes, y no pienses en pedir ayuda, porque ninguna ayuda podría salvarte. Si haces exactamente lo que te digo, el peligro pasará y no tendrás nada más que temer.

Al anochecer, el sacerdote y el acólito se marcharon, y Hōïchi se sentó en el porche, siguiendo las instrucciones que le habían dado. Puso su *biwa* sobre

---

[7]   El *Pragña-Pâramitâ-Hridaya-Sûtra* menor, así es como se llama en japonés. Tanto el sûtra menor como el mayor, llamados *Pragña-Pâramitâ* («Sabiduría trascendente»), han sido traducidos por el difunto profesor Max Müller, y pueden encontrarse en el volumen XLIX de los *Libros sagrados de Oriente* («Sûtras Mahâyâna budistas»). Acerca del uso mágico del texto, tal como se describe en este relato, conviene señalar que el tema del sûtra es la doctrina de la vacuidad de las formas, es decir, del carácter irreal de todos los fenómenos y *noúmena*: «La forma es el vacío; y el vacío es la forma. La vacuidad no es diferente de la forma; la forma no es diferente de la vacuidad. Lo que es forma, eso es la vacuidad. Lo que es vacío, eso es forma... La percepción, el nombre, el concepto y el conocimiento son también vacuidad… No hay ojo, oído, nariz, lengua, cuerpo ni mente… Pero cuando la envoltura de la conciencia ha sido aniquilada, entonces él [el buscador] se libera de todo temor y, más allá del alcance del cambio, disfruta del Nirvana final».

el tablón que tenía enfrente y, en actitud de meditación, permaneció inmóvil, procurando no toser ni respirar de forma audible. Y así permaneció durante horas.

Luego oyó los pasos que se acercaban desde la calzada. Pasaron la verja, cruzaron el jardín, se acercaron al porche y se detuvieron justo delante de él.

—¡Hōïchi! —llamó la voz profunda. Pero el ciego contuvo la respiración y siguió inmóvil.

—¡Hōïchi! —llamó con hosquedad la voz por segunda vez.

Y luego, una tercera vez, en esta ocasión con ferocidad.

Hōïchi permaneció quieto como una piedra, y la voz refunfuñó:

—¡No hay respuesta! Esto no es aceptable… Veamos dónde se ha metido este sujeto…

Se produjo el ruido de unos pies pesados que subían al porche. Los pasos se acercaron con decisión y se detuvieron a su lado. Luego, durante largos minutos, en los que Hōïchi sintió que todo su cuerpo se estremecía al compás de los latidos de su corazón, reinó un silencio sepulcral.

Por fin la voz ronca murmuró cerca de él:

—Aquí está la *biwa*; pero del tañedor de *biwa* solo veo dos orejas… Así que esto explica por qué no respondía: no tiene boca con la que responder; no han quedado de él más que las orejas…. Pues entonces llevaré estas orejas a mi señor, como prueba de que las augustas órdenes han sido obedecidas en la medida de lo posible.

Y entonces Hōïchi sintió que unos dedos de hierro agarraban sus orejas y las arrancaban. Aunque muy grande fue el dolor, no lanzó ni un grito. Las pesadas pisadas retrocedieron a lo largo del porche, descendieron al jardín, salieron a la calzada y desaparecieron. El ciego sintió cómo algo cálido y espeso le chorreaba por ambos lados de la cabeza, pero no se atrevió a levantar las manos…

El sacerdote regresó antes del amanecer. Se apresuró a acudir al porche trasero, donde pisó y resbaló sobre algo pegajoso, y lanzó un grito de horror, porque constató a la luz de su linterna que lo pegajoso era sangre. Pero luego vio a Hōïchi sentado allí, en actitud de meditación, con la sangre aún brotando de sus heridas.

—¡Mi pobre Hōïchi! —gritó el sacerdote sobresaltado—.¿Qué es esto? ¿Te han herido?

Al oír la voz de su amigo, el ciego se sintió seguro. Rompió a sollozar y, entre lágrimas, contó su aventura de la noche.

—¡Pobre, pobre Hōïchi! —exclamó el sacerdote—. ¡Todo es culpa mía! ¡Una falta imperdonable por mi parte! Habíamos pintado textos sagrados por todo tu cuerpo… ¡excepto en las orejas! Confié en mi acólito para que hiciera esa parte del trabajo; ¡y fue un gran error por mi parte no haberme asegurado de que lo había hecho! En fin, la cosa ya no tiene remedio; solo podemos tratar de curar tus heridas lo antes posible. Anímate, amigo, el peligro ya ha pasado. Nunca más te molestarán esos visitantes.

Con la ayuda de un buen médico, Hōïchi se recuperó pronto de sus heridas. La historia de su extraña aventura se difundió por todas partes y pronto se hizo famosa. Muchos nobles acudieron a Akamagaseki para oírle recitar, y le hicieron grandes regalos, de modo que se convirtió en un hombre rico. Pero desde que tuvo lugar su aventura, todos le conocieron por el apodo de *Mimi-nashi-Hōïchi*: «Hōïchi el Desorejado».

YUKI-ONNA

En un pueblo de la provincia de Musashi vivían dos leñadores: Mosaku y Minokichi. En la época de la que estoy hablando, Mosaku era un anciano, y Minokichi, su aprendiz, un muchacho de dieciocho años. Todos los días iban juntos a un bosque situado a unos ocho kilómetros de su aldea. En el camino que lleva a ese bosque hay un río ancho que debían cruzar; y había allí un transbordador. Varias veces se construyó un puente donde está el transbordador, pero la crecida se lo llevó en todas las ocasiones. Ningún puente común puede resistir la corriente cuando el río crece.

Mosaku y Minokichi regresaban a casa una noche muy fría, cuando les sorprendió una gran tormenta de nieve. Llegaron al transbordador y se encontraron con que el barquero se había marchado, dejando su barca al otro lado del río. No era día para nadar, así que los leñadores se refugiaron en la cabaña del barquero, pensando que suerte tenían de encontrar al menos algún refugio. No había brasero en la cabaña, ni ningún lugar en el que hacer fuego: era solo una cabaña de dos esteras[1], con una sola puerta, pero sin ventana. Mosaku y Minokichi cerraron la puerta y se tumbaron a descansar, cubiertos con sus impermeables de paja. En un principio, no sintieron mucho frío y pensaron que la tormenta pasaría pronto.

---

[1] Es decir, con una superficie de suelo de unos dos metros cuadrados.

El anciano se durmió casi de inmediato; pero el muchacho, Minokichi, permaneció despierto largo rato, escuchando el espantoso viento y el continuo golpeteo de la nieve contra la puerta. El río rugía, y la cabaña se balanceaba y crujía como un junco en el mar. Era una tormenta terrible, y el aire se volvía cada vez más frío, y Minokichi temblaba bajo su impermeable. Pero al final, a pesar del frío, él también se durmió.

Le despertó el caer de la nieve en su cara. Habían forzado la puerta de la cabaña, y a la luz de la nieve (*yuki-akari*) vio a una mujer en la habitación, una mujer vestida de blanco. Se inclinaba sobre Mosaku y le echaba su aliento, que era como un humo blanco y brillante. Casi de inmediato, se volvió hacia Minokichi y se inclinó sobre él. Minokichi intentó gritar, pero se dio cuenta de que no podía emitir sonido alguno. La mujer blanca se inclinó sobre él, cada vez más bajo, hasta que su cara casi le tocó; y él vio que era muy hermosa, aunque sus ojos le dieron miedo. Durante un rato continuó mirándolo; luego sonrió y susurró:

—Tenía la intención de tratarte como al otro hombre. Pero no puedo evitar sentir cierta lástima por ti, porque eres tan joven… Eres un chico guapo, Minokichi, y no te haré daño en esta ocasión. Pero si alguna vez cuentas a alguien, aunque sea a tu propia madre, lo que has visto esta noche, lo sabré; y entonces te mataré… ¡Recuerda lo que te digo!

Con tales palabras, se apartó de él y cruzó la puerta. Solo entonces él se sintió capaz de moverse; se levantó de un salto y miró afuera. Pero no se veía a la mujer por ninguna parte, y la nieve entraba furiosamente en la cabaña. Minokichi cerró la puerta y la aseguró calzándola con varios tacos de madera. Se preguntó si el viento la habría abierto; pensó que podría haber estado soñando y haber confundido el resplandor de la luz de la nieve en la puerta con la figura de una mujer blanca, pero no podía estar seguro. Llamó a Mosaku, y se asustó, porque el anciano no le respondió. Extendió la mano en la oscuridad y tocó la cara de Mosaku, ¡y descubrió que era de hielo! Mosaku estaba chupado y muerto…

Al amanecer, la tormenta había pasado, y cuando el barquero regresó a su puesto, poco después de la salida del sol, encontró a Minokichi tendido sin sentido junto al cuerpo congelado de Mosaku. Atendió con rapidez a Minokichi y pronto volvió este en sí, aunque estuvo mucho tiempo enfermo por los efectos del frío de aquella terrible noche. También se había asustado mucho por la muerte del anciano, pero no dijo nada sobre la visión de la mujer de blanco. En cuanto se recuperó, volvió a su oficio, yendo en solitario todas las mañanas al bosque y volviendo al anochecer con sus haces de leña, que su madre le ayudaba a vender.

Una noche, durante el invierno del año siguiente, cuando regresaba a casa, se cruzó con una muchacha que pasaba por el mismo camino. Era una muchacha alta y delgada, muy atractiva, y respondió al saludo de Minokichi con una voz tan agradable de oír como la de un pájaro cantor. Entonces él caminó a su lado y empezaron a hablar. La muchacha dijo que se llamaba O-Yuki[2], que había perdido a sus padres y que se dirigía a Yedo, donde tenía unos parientes pobres que podrían ayudarle a encontrar trabajo como sirvienta. Minokichi no tardó en sentirse embelesado por aquella extraña muchacha, y cuanto más la miraba, más hermosa le parecía. Le preguntó si ya estaba prometida, a lo que ella respondió, riendo, que estaba libre. Entonces a su vez preguntó ella a Minokichi si estaba casado o prometido; y él le dijo que no, que aunque solo tenía a una madre viuda que mantener, aún no había salido a relucir la cuestión de una «honorable nuera», ya que era muy joven… Luego de tales confidencias, caminaron largo rato sin hablar; pero, como dice el proverbio, *Ki ga aréba, mé mo kuchi hodo ni mono wo iu*: «Cuando hay deseo, los ojos pueden decir tanto como la boca». Cuando llegaron a la aldea, ya se sentían muy a gusto el uno con el otro; así que Minokichi pidió a O-Yuki que descansara un rato en su casa. Tras algunas tímidas vacilaciones, fue con él, y su madre le dio la bienvenida

---

[2]   Este nombre, que significa «Nieve», no es infrecuente. Sobre el tema de los nombres femeninos japoneses, véase mi artículo en el volumen titulado *Shadowings*.

y le preparó una comida caliente. O-Yuki se portó tan bien que la madre de Minokichi se encaprichó de ella y la convenció para que retrasara su viaje a Yedo. Y el final natural del asunto fue que Yuki nunca fue a Yedo. Se quedó en esa casa, como una «honorable nuera».

O-Yuki demostró ser una muy buena nuera. Cuando la madre de Minokichi murió, unos cinco años después, sus últimas palabras fueron de afecto y elogio hacia la esposa de su hijo. Y O-Yuki dio a luz para Minokichi diez hijos, niños y niñas, todos ellos guapos y de piel muy blanca.

Los campesinos pensaban que O-Yuki era una persona maravillosa, diferente a ellos por naturaleza. La mayoría de las campesinas envejecen pronto; pero O-Yuki, incluso después de haber sido madre de diez hijos, parecía tan joven y lozana como el primer día en que llegó al pueblo.

Una noche, después de que los niños se hubieron ido a dormir, O-Yuki estaba cosiendo al resplandor de una lámpara de papel y Minokichi, observándola, dijo:

—Viéndote ahí coser, con la luz en el rostro, me haces pensar en un suceso extraño que me ocurrió siendo un chico de dieciocho años. Vi a alguien tan hermoso y blanco como tú... de hecho, se te parecía mucho.

Sin levantar los ojos de su trabajo, O-Yuki respondió:

—Háblame de ella... ¿Dónde la viste?

Entonces Minokichi le habló de la terrible noche en la cabaña del barquero, y de la Mujer Blanca que se había inclinado sobre él, sonriendo y susurrando, y de la silenciosa muerte del viejo Mosaku. Y añadió:

—Dormido o despierto, aquella fue la única vez que vi un ser tan hermoso como tú. Por supuesto, no era un ser humano y yo le tenía miedo, mucho miedo, ¡pero era tan blanca! De hecho, nunca he estado seguro de si lo que vi fue un sueño o la Mujer de las Nieves...

O-Yuki dejó caer su costura, se levantó y se inclinó sobre Minokichi, que estaba sentado, y le gritó en la cara:

—¡Fui Yo-Yo-Yo! ¡Fue Yuki! ¡Y te dije entonces que te mataría si decías una sola palabra al respecto! De no ser por esos niños que duermen allí, ¡te mataría en este mismo momento! A partir de ahora, será mejor que cuides muy, muy bien de ellos; ¡porque si alguna vez tienen motivos para quejarse de ti, te daré tu merecido!

Mientras gritaba, su voz se fue esfumando, como el silbido del viento; luego se fundió en una niebla blanca y brillante que ascendió serpenteando hasta las vigas del techo y salió a través del agujero para el humo... Y nunca más se la volvió a ver.

DIPLOMACIA

Habían ordenado que la ejecución se llevase a cabo en el jardín del *yashiki*. Así que llevaron al hombre hasta allí y le hicieron arrodillarse en un amplio espacio arenoso atravesado por una línea de *tobi-ishi*, o escalones, como los que aún pueden verse en los jardines japoneses. Le ataron los brazos por detrás. Los sirvientes trajeron agua en cubos y sacos de arroz llenos de guijarros, y colocaron los sacos de arroz alrededor del hombre arrodillado, encajándolo de tal modo que no podía moverse. Llegó el amo y observó los preparativos. Le parecieron satisfactorios y no hizo ninguna observación al respecto.

De repente, el condenado gritó:

—Honorable Señor, la falta por la que he sido condenado no la cometí voluntariamente. Fue tan solo mi gran estupidez la que causó la falta. Habiendo nacido estúpido, a causa de mi karma, no siempre pude evitar cometer errores. Pero matar a un hombre por ser estúpido es un error, y ese error habrá que pagarlo. Tan cierto como que me matáis, sabré ser vengado; la venganza nacerá del rencor que causáis y el mal se pagará con mal…

Si se mata a alguien mientras lo embarga un gran resentimiento, el fantasma de esa persona será capaz de vengarse de su asesino. Y este samurái lo sabía. Contestó con suma cortesía, casi con amabilidad:

—Te consentiremos que nos espantes tanto como gustes… pero eso será cuando estés muerto. ¿Procurarás darnos alguna muestra de tu gran rencor, después de que te hayan cortado la cabeza?

—Podéis jurar que así será —repuso el hombre.

—Muy bien —dijo el samurái, al tiempo que desenvainaba su larga espada—, ahora voy a cortarte la cabeza. Justo delante de ti hay un peldaño. Después de cortarte la cabeza, intenta morder la piedra. Si tu espíritu enfadado puede ayudarte a hacerlo, algunos de nosotros nos asustaremos... ¿Procurarás morder la piedra?

—¡La morderé! —gritó el hombre, lleno de rabia—. ¡La morderé! ¡La morderé!

Hubo un relámpago, un golpe seco, un crujido sordo: el cuerpo atado se venció sobre los sacos de arroz, dos largos chorros de sangre brotaron del cuello seccionado y la cabeza rodó por la arena. Rodó con pesadez hacia el peldaño; luego, saltando de repente, se enganchó con los dientes en el borde superior de la piedra, colgó ahí de forma desesperada durante un momento y por último cayó inerte.

Nadie habló, pero los servidores miraban horrorizados a su amo. A él parecía no importarle lo ocurrido en absoluto. Se limitó a tender la espada al asistente más cercano, quien con un cazo de madera vertió agua sobre la hoja, desde la empuñadura hasta la punta, para luego limpiar cuidadosamente el acero varias veces con hojas de papel suave... Y así terminó la parte ceremonial del incidente.

Durante los meses posteriores, los servidores y los criados vivieron en un miedo incesante a las visitas fantasmales. Ninguno de ellos dudaba de que llegaría la venganza prometida, y su continuo terror les hacía oír y ver muchas cosas que no existían. Llegaron a temer el sonido del viento en los bambúes, e incluso el movimiento de las sombras en el jardín. Por último, después de discutirlo, resolvieron rogar a su señor que realizara una ceremonia de *Ségaki* en honor al espíritu vengativo.

—Resulta bastante innecesario —contestó el samurái cuando su servidor principal le hubo expresado el deseo general—. Entiendo que el deseo de venganza de un moribundo pueda ser motivo de temor. Pero en este caso no hay nada que temer.

El servidor miró suplicante a su amo, pero dudó antes de preguntar la razón de una confianza tan inquietante.

—Oh, la razón es bastante simple —manifestó el samurái, adivinando la duda no expresada—. Tan solo la intención postrera de ese sujeto podría haber sido peligrosa, y cuando le reté a que me diera una prueba, desvié su mente del deseo de venganza. Murió con el firme propósito de morder el peldaño; y fue capaz de cumplir tal propósito, pero nada más. Todo lo demás debió olvidarlo... Así que no tenéis que preocuparos más por ese asunto.

Y el muerto no dio más problemas, en efecto. No ocurrió nada en absoluto.

MUJINA

En la carretera de Akasaka, en Tokio, hay una cuesta llamada *Kii-no-kuni-zaka*, que significa la «Cuesta de la Provincia de Kii». No sé por qué se llama la Cuesta de la Provincia de Kii. A un lado de esta cuesta se puede ver un antiguo foso, profundo y muy ancho, con bancales que llevan a cierto lugar ajardinado; y al otro lado de la carretera se extienden los largos y altos muros de un palacio imperial. Antes de la era de las farolas y las jinrikishas[1], este barrio era muy solitario al anochecer; y los transeúntes rezagados preferían desviarse kilómetros de su ruta, antes que subir solos por la Kii-no-kuni-zaka tras la puerta del sol.

Y todo por culpa de una Mujina que solía deambular por allí.

El último hombre que vio a la Mujina fue un viejo comerciante del barrio de Kyōbashi , que murió hace unos treinta años. Esta es la historia, tal y como él la contó:

Una noche, a una hora tardía, subía él a toda prisa por la Kii-no-kuni-zaka, cuando vio a una mujer acuclillada junto al foso, sola y llorando amargamente. Temiendo que tuviera intención de ahogarse, se detuvo para ofrecerle cualquier ayuda o consuelo que estuviera en su mano.

---

[1]   Vehículo de dos ruedas movido por tracción humana (*N. del T.*).

Parecía una persona fina y elegante, bien vestida, y llevaba el pelo peinado como si se tratara de la cabellera de una joven de buena familia.

—O-jochū —exclamó acercándose a ella—, O-jochū, ¡no llores así! Dime cuál es el problema; y si hay alguna manera de ayudarte, con mucho gusto así lo haré.

Él era sincero en sus expresiones, puesto que era un hombre de lo más dispuesto. Pero ella siguió llorando, ocultándole la cara con una de sus largas mangas.

—O-jochū[2] —dijo él de nuevo, con tanta suavidad como fue capaz—, ¡por favor, por favor, escúchame! ¡Este no es lugar para una jovencita, por la noche! No llores, te lo suplico, solo dime en qué puedo ayudarte.

Ella se levantó despacio, pero le dio la espalda y siguió gimiendo y sollozando detrás de su manga. Él le puso suavemente la mano en el hombro y le suplicó:

—¡O-jochū! ¡O-jochū! ¡O-jochū! ¡Escúchame, solo un momentito! ¡O-jochū! ¡O-jochū!

Entonces, aquella O-jochū se dio la vuelta, bajó la manga y se acarició la cara con la mano; y el hombre vio que no tenía ojos ni nariz ni boca, gritó y salió corriendo.

Corrió y corrió por la Kii-no-kuni-zaka, y todo era negrura y vacío ante él. Siguió corriendo sin atreverse a mirar atrás; al cabo vio un farol, tan lejano que parecía el resplandor de una luciérnaga, y se dirigió hacia allí. Resultó ser solo el farol de un vendedor ambulante de soba, que había instalado su puesto al borde del camino; pero cualquier luz y cualquier compañía humana eran buenas después de aquella experiencia; y se arrojó a los pies del vendedor de *soba* gritando:

—¡Aaahhh!

---

2   *O-jochū* («honorable damisela») es una forma cortés de dirigirse a una joven a la que no se conoce.

—¡*Koré*! ¡*Koré*! —exclamó con rudeza el vendedor de soba—. ¡Para! ¿Qué te pasa? ¿Alguien te ha hecho daño?

—Nadie me hizo daño —resolló el otro—. Es solo que… ¡Aaahhh!

—¿Tan solo te asustaron? —preguntó el vendedor ambulante sin compasión alguna—. ¿Fueron unos ladrones?

—Ladrones no, ladrones no —barbotó el hombre, aterrorizado—. Vi a una mujer… en el foso… y me enseñó… ¡Ah! No puedo decirte lo que me enseñó.

—¡*Hé*! ¿Te enseñó algo como ESTO? —gritó el vendedor de soba pasándose la mano por el rostro.

Y este se volvió liso como un huevo. Al mismo tiempo, la luz se apagó.

UN SECRETO MUERTO

Hace mucho tiempo, en la provincia de Tamba, vivía un rico comerciante llamado Inamuraya Gensuké. Tenía una hija llamada O-Sono. Como era muy lista y guapa, pensó que sería una lástima dejar que creciera con la única enseñanza que podían darle los maestros rurales, así que la envió a Kioto al cuidado de unos fieles sirvientes para que aprendiera los buenos modales que se enseñaban a las damas de la capital.

Después de recibir esta educación, se casó con un amigo de la familia de su padre, un comerciante llamado Nagaraya, y vivió felizmente con él durante casi cuatro años. Tuvieron un hijo, un varón. Pero O-Sono enfermó y murió al cuarto año de casarse.

La noche siguiente al funeral de O-Sono, su hijo pequeño dijo que su madre había vuelto y estaba en la habitación de arriba. Ella le había sonreído, pero no quería hablar con él, por lo que se asustó y salió corriendo. Entonces, algunos miembros de la familia subieron a la habitación que había sido de O-Sono y se sobresaltaron al ver, a la luz de una pequeña lámpara ante un relicario, la figura de la madre muerta. Parecía estar de pie delante de un *tansu*, o cómoda, que aún contenía sus adornos y sus atavíos. La cabeza y los hombros se veían con nitidez, pero de la cintura para abajo la figura se volvía invisible; era como un reflejo imperfecto de la mujer, transparente como una sombra sobre el agua.

Ante tal espectáculo, los presentes se asustaron y salieron de la habitación. Abajo consultaron entre ellos, y la madre del marido de O-Sono dijo:

—Una mujer tiene querencia por sus pequeñas cosas, y O-Sono estaba muy apegada a sus pertenencias. Tal vez haya vuelto para verlas. Muchas personas muertas hacen eso, a menos que esos objetos se entreguen al templo parroquial. Si entregamos las túnicas y fajas de O-Sono al templo, su espíritu probablemente encontrará descanso.

Se acordó hacer eso lo antes posible. Así que a la mañana siguiente vaciaron los cajones y llevaron todos los adornos y vestidos de O-Sono al templo. Pero ella volvió la noche siguiente y se quedó contemplando el *tansu* como antes. Y volvió también la noche siguiente, y la siguiente, y todas las noches; y la casa se convirtió en una casa del terror.

La madre del marido de O-Sono acudió entonces al templo parroquial, contó al sacerdote principal todo lo que había sucedido y le pidió consejo sobre aquel asunto fantasmal. El templo era un templo zen, y el sacerdote principal era un anciano erudito, conocido como Daigen Oshō. Él dijo:

—Debe de haber algo que ella ansía, dentro o cerca de ese *tansu*.

—Pero vaciamos todos los cajones —replicó la mujer—. No hay nada en el *tansu*.

—Bien —dijo entonces Daigen Oshō—. Esta noche iré a tu casa, vigilaré en esa habitación, y veré qué se puede hacer. Debes dar órdenes para que nadie entre en la habitación mientras yo vigile, a menos que yo llame.

Tras la puesta del sol, Daigen Oshō acudió a la casa y encontró la habitación dispuesta para él. Permaneció allí solo, leyendo los sûtras; y nada apareció hasta después de la Hora de la Rata[1]. Entonces, la figura de O-Sono se perfiló de repente frente al *tansu*. Su rostro tenía una expresión melancólica; y tenía los ojos fijos en el *tansu*.

---

[1] La Hora de la Rata (*Né-no-Koku*), según el antiguo método japonés de calcular el tiempo, era la primera hora. Correspondía al tiempo entre nuestra medianoche y las dos de la mañana, pues las antiguas horas japonesas equivalían cada una a dos horas modernas.

El sacerdote pronunció la fórmula sagrada prescrita para tales casos, y luego, dirigiéndose a la figura del *kaimyō*[2] de O-Sono, dijo:

—Estoy aquí para ayudarte. Tal vez en ese tansu haya algo por lo que tengas motivos para sentir ansiedad. ¿Me permites tratar de encontrarlo por ti?

La sombra pareció asentir con un leve movimiento de cabeza y el sacerdote, levantándose, abrió el cajón superior. Estaba vacío. Sucesivamente, abrió el segundo, el tercero y el cuarto cajón; buscó con cuidado detrás y debajo de ellos; examinó meticulosamente el interior del cofre. No encontró nada. Pero la figura seguía observando tan melancólicamente como antes.

«¿Qué querrá?», se preguntó el sacerdote. De pronto, se le ocurrió que podría haber algo oculto bajo el papel con que estaban forrados los cajones. Quitó el forro del primer cajón y ¡nada! Quitó el forro del segundo y del tercer cajón: nada. Pero bajo el forro del último cajón encontró una carta.

—¿Es esto lo que te ha tenido preocupada? —preguntó.

La sombra de la mujer se volvió hacia él, con su tenue mirada puesta en la carta.

—¿Quieres que la queme? —le preguntó.

Ella le hizo una reverencia.

—Será quemada en el templo esta misma mañana —prometió—, y nadie la leerá, excepto yo mismo.

La figura sonrió y desapareció. Estaba amaneciendo cuando el sacerdote bajó las escaleras y encontró a la familia esperando ansiosa abajo.

—No os preocupéis —les dijo—. No volverá a aparecer.

Y nunca lo hizo.

La carta se quemó. Era una carta de amor escrita a O-Sono en la época de sus estudios en Kioto. Pero solo el sacerdote sabía lo que contenía y el secreto murió con él.

---

[2]   *Kaimyō* nombre budista póstumo, o nombre religioso, que se da a los muertos. En sentido estricto, el significado de la palabra es *silâ-náme*. (Véase mi artículo titulado «La literatura de los muertos» en *Exotics and Retrospectives*).

ROKURO-KUBI

Hace unos quinientos años, vivió un samurái llamado Isogai Héï-dazaëmon Takétsura, que estaba al servicio del señor Kikuji, de Kyūshū. Este Isogai había heredado de muchos antepasados guerreros una aptitud natural para los ejercicios militares, así como una fuerza extraordinaria. Siendo aún un niño, había superado a sus maestros en el arte de la esgrima, en el tiro con arco y en el uso de la lanza, y había mostrado todas las capacidades propias de un soldado audaz y hábil. Más tarde, en tiempos de la guerra de Eikyō[1], se distinguió tanto que se le concedieron altos honores. Pero cuando la casa de Kikuji resultó destruida, Isogai se encontró sin amo.

En aquel momento, podría haber entrado con facilidad al servicio de otro daimio; pero como nunca había buscado la distinción solo por sí mismo, y como su corazón permanecía fiel a su antiguo señor, prefirió renunciar al mundo. Así que se cortó el pelo y se hizo sacerdote itinerante, adoptando el nombre budista de Kwairyō.

Pero siempre, bajo el *koromo*[2] del sacerdote, Kwairyō mantuvo caliente en su

---

[1]   El periodo de Eikyō duró de 1429 a 1441.

[2]   Así se llama la túnica superior de un sacerdote budista.

interior el corazón del samurái. Como en otros años se había reído del peligro, así ahora también despreciaba las amenazas, y en todo tiempo y estación viajaba para predicar la buena Ley a lugares donde ningún otro sacerdote se hubiera atrevido a ir. Porque aquella era una época de violencia y desorden, y en las carreteras no había seguridad para el viajero solitario, aunque este fuera sacerdote.

En el transcurso de su primer viaje largo, Kwairyō tuvo ocasión de visitar la provincia de Kai. Una noche, mientras viajaba a través de las montañas de esa provincia, la oscuridad le alcanzó en un paraje muy solitario, a leguas de distancia de cualquier aldea. Se resignó, pues, a pasar la noche bajo las estrellas y, habiendo encontrado un lugar cubierto de hierba al borde del camino, se acostó y se dispuso a dormir.

Siempre le había gustado la incomodidad, y hasta una roca desnuda era para él un buen lecho, cuando no podía encontrar nada mejor; de igual manera, la raíz de un pino le resultaba una excelente almohada.

Su cuerpo era de hierro, y nunca se preocupó por el rocío, la lluvia, la escarcha o la nieve. Apenas se había acostado, cuando llegó por el camino un hombre con un hacha y un gran haz de leña cortada. Este leñador se detuvo al ver a Kwairyō tumbado y, tras un momento de silenciosa observación, le dijo en un tono de gran sorpresa:

—¿Qué clase de hombre puede ser usted, buen señor, que se atreve a acostarse en soledad en un lugar como este? Hay merodeadores por estos lugares, muchos. ¿No tiene miedo de los Seres Peludos?

—Amigo mío —contestó jovialmente Kwairyō—, no soy más que un sacerdote errante, un «Invitado de las Nubes y el Agua», como acostumbra a decir la gente: *Unsui-no-ryokaku*. Y no temo en lo más mínimo a las Seres Peludos, si te refieres a zorros duendes, o tejones duendes, o cualquier otra criatura de ese tipo. En cuanto a los lugares solitarios, me gustan: son adecuados para la meditación. Estoy acostumbrado a dormir al aire libre, y he aprendido a no preocuparme nunca por mi vida.

—¡Debe de ser usted un hombre de veras valiente, señor sacerdote, para osar acostarse aquí! —respondió el campesino—. Este lugar tiene mala fama, muy mala fama. Pero, como dice el proverbio, *Kunshi ayayuki ni chikayorazu* («El hombre superior no se expone al peligro si no es necesario»); y debo asegurarle, señor, que es muy peligroso dormir aquí. Por lo tanto, aunque mi casa no es más que una miserable choza de paja, permítame rogarle que venga a casa conmigo de inmediato. En cuanto a comida, no tengo nada que ofreceros; pero al menos hay un techo, y podréis dormir bajo él sin riesgo.

Hablaba con ansiedad; y Kwairyō, complacido por el tono amigable de aquel hombre, aceptó aquella modesta oferta. El leñador le condujo por un estrecho sendero que, desde el camino principal, ascendía a través del bosque de la montaña. Era un sendero áspero y peligroso, que a veces bordeaba precipicios, a veces no ofrecía más que una red de raíces resbaladizas en las que apoyar el pie y a veces serpenteaba por encima o entre rocas escarpadas. Pero al fin Kwairyō se encontró en un espacio despejado, en lo alto de una colina, con la luna llena brillando en lo más alto; y vio ante él una pequeña cabaña de paja, alegremente iluminada por dentro.

El leñador lo condujo a un cobertizo situado en la parte trasera de la casa, a donde llevaban agua, a través de tubos de bambú, desde algún arroyo vecino; y los dos hombres se lavaron los pies. Más allá del cobertizo, había un huerto y una arboleda de cedros y bambúes; y más allá de los árboles, se mostraba el resplandor de una cascada que caía desde cierta altura y tremolaba bajo la luz de la luna como un largo manto blanco.

Cuando Kwairyō entró en la cabaña con su guía, vio a cuatro personas —hombres y mujeres— calentándose las manos junto a un pequeño fuego encendido en el *ro*[3] de la estancia principal. Se inclinaron ante el sacerdote y

---

[3] Con ese nombre se designa una especie de pequeña chimenea encastrada en el suelo de una habitación. Suele ser una cavidad cuadrada poco profunda, forrada de metal y medio llena de cenizas, en la que se enciende carbón vegetal.

lo saludaron de la manera más respetuosa. Kwairyō se extrañó de que personas tan pobres y que vivían en semejante soledad conocieran las formas corteses de saludo.

«Estas son gentes de calidad», pensó para sus adentros; «y deben de haber sido instruidas por alguien que conoce bien las reglas del decoro». Entonces, dirigiéndose a su anfitrión —el *aruji*, o amo de casa, como lo llamaban los demás—, Kwairyō dijo:

—Por la amabilidad de su discurso, y por la muy cortés bienvenida que me ha dispensado su familia, imagino que no siempre ha sido leñador. ¿Quizás fue miembro, tiempo atrás, de una de las clases altas?

Sonriendo, el leñador respondió:

—Señor, no se equivoca. Aunque ahora vivo como usted me encuentra, una vez fui una persona distinguida. Mi historia es la historia de una vida arruinada… arruinada por mi propia culpa. Solía estar al servicio de un daimio, y mi rango en ese servicio no era despreciable. Pero me gustaban demasiado las mujeres y el vino, y bajo la influencia de la pasión actué con perversidad. Mi egoísmo causó la ruina de nuestra casa y la muerte de muchas personas. Me tuve que enfrentar a las consecuencias de mis actos y durante mucho tiempo anduve fugitivo por todos lados. Ahora rezo a menudo para poder expiar el mal que hice y restablecer el hogar ancestral. Pero me temo que nunca encontraré la manera de hacerlo.

No obstante, trato de superar el karma de mis errores mediante el arrepentimiento sincero y ayudando en la medida de mis posibilidades a los desafortunados.

Kwairyō se sintió complacido por tal declaración de buenas intenciones; y dijo al *aruji*:

—Amigo mío, he tenido ocasión de observar que el hombre, si es propenso a la insensatez en su juventud, puede en los años posteriores seguir una vida de rectitud con firmeza. En los sûtras sagrados está escrito que los más capaces de hacer el mal pueden llegar a convertirse, por el poder de la buena resolución, en los más capaces de hacer el bien. No dudo de que tengas un buen corazón y espero que tengas mejor suerte. Esta noche recitaré los sûtras por ti, y rezaré para que obtengas la fuerza para superar el karma de cualquier error del pasado.

Con estas afirmaciones, Kwairyō dio las buenas noches al *aruji*, y su anfitrión le hizo pasar a una habitación lateral muy pequeña, donde habían preparado una cama. Entonces, todos se fueron a dormir menos el sacerdote, que se puso a leer los sûtras a la luz de una linterna de papel. Siguió leyendo y rezando hasta bien entrada la noche; luego, abrió una ventanita de su pequeño dormitorio para echar un último vistazo al paisaje antes de acostarse.

La noche era hermosa: no había nubes en el cielo, ni viento, y la luz potente de la luna creaba sombras negras y nítidas del follaje, y brillaba sobre el rocío del jardín. Los cricrís de los grillos y las chicharras creaban un tumulto musical, y el sonido de la cascada vecina se hacía más profundo en la plenitud de la noche. Kwairyō sintió sed al escuchar el ruido del agua; recordando el conducto de bambú en la parte trasera de la casa, pensó que podría ir hasta allí y beber sin molestar a los durmientes.

Con sumo cuidado, deslizó las mamparas correderas que separaban su habitación de la vivienda principal y vio a la luz de la linterna cinco cuerpos yacentes... ¡sin cabeza!

Durante un instante se quedó perplejo, imaginando un crimen. Pero, tras un momento, se dio cuenta de que no había sangre y de que los cuellos sin cabeza no parecían haber sido cortados. Entonces pensó: «O se trata de una ilusión causada por los duendes, o he sido atraído a la morada de un Rokuro-Kubi... En el libro *Sōshinki* está escrito que si uno encuentra el cuerpo de un Rokuro-Kubi sin su cabeza, y se lleva el cuerpo a otro lugar, la cabeza nunca podrá unirse de nuevo al cuello. Y el libro dice además que, cuando la cabeza regresa y descubre que han desplazado su cuerpo, se golpeará contra el suelo tres veces, botando como una pelota, y jadeará como si tuviera mucho miedo, y al poco tiempo morirá. Ahora bien, si estos son Rokuro-Kubi, no significan nada bueno para mí; así que estaré justificado para seguir las instrucciones del libro…».

Agarró el cuerpo del *aruji* por los pies, tiró de él hacia la ventana y lo empujó fuera. Luego se dirigió a la puerta trasera, que encontró atrancada, y supuso que las cabezas habían salido a través del agujero para el humo del tejado, que había quedado abierto. Descorrió sigilosamente la puerta, se dirigió al jardín y avanzó con toda la precaución posible hacia el bosquecillo que había más allá. Oyó voces que hablaban en el bosquecillo y se dirigió en dirección a ellas, escondiéndose de sombra en sombra hasta llegar a un buen escondite. Entonces, desde detrás de un tronco, divisó las cabezas, las cinco, revoloteando y charlando mientras revoloteaban. Comían gusanos e insectos que encontraban en el suelo o entre los árboles. En un momento dado, la cabeza del *aruji* dejó de comer y dijo:

—¡Ah, ese sacerdote ambulante que ha venido esta noche! ¡Qué gordo está todo su cuerpo! Cuando nos lo hayamos comido, nuestros estómagos estarán bien llenos… Fui un tonto al hablarle como lo hice; ¡solo conseguí que se pusiera a recitar los sûtras por la salvación de mi alma! Acercarse a él mientras recita sería difícil y no podemos tocarle mientras reza. Pero como ya es casi de mañana, tal vez se haya ido a dormir. Que alguno de vosotros vaya a la casa a ver qué está haciendo.

Otra cabeza —esta, la de una mujer joven— se levantó de inmediato y revoloteó hacia la casa, ligera como un murciélago. Al cabo de unos minutos, regresó para gritar escandalosamente, en un tono de gran alarma:

—Ese sacerdote ambulante no está en la casa; ¡se ha ido! Pero eso no es lo peor del asunto. Se ha llevado el cuerpo de nuestro aruji; y no sé dónde lo ha puesto.

Ante este anuncio, la cabeza del aruji —visible claramente a la luz de la luna— adoptó un aspecto espantoso: sus ojos se abrieron monstruosamente, su pelo se erizó y sus dientes rechinaron. Luego, un grito brotó de sus labios y, llorando lágrimas de rabia, exclamó:

—Puesto que mi cuerpo ha sido trasladado, ¡reunirme a él no es posible! ¡Entonces debo morir...! ¡Y todo por obra de ese sacerdote! ¡Antes de morir lo alcanzaré! ¡Lo desgarraré! ¡Lo devoraré! ... ¡Pero si ahí está! ¡Detrás de ese árbol! ¡Escondiéndose detrás de ese árbol! ¡Miradlo! ¡El gordo cobarde!

Y al instante la cabeza del *aruji*, seguida de las otras cuatro cabezas, se abalanzó sobre Kwairyō. Pero el fornido sacerdote ya se había armado arrancando un arbolillo, y con ese árbol golpeó las cabezas a medida que se acercaban, apartándolas de él con tremendos golpes. Cuatro de ellas huyeron. Pero la cabeza del aruji, aunque golpeada una y otra vez, continuó atacando desesperadamente al sacerdote, y al final lo atrapó por la manga izquierda de su túnica. Kwairyō, sin embargo, agarró con rapidez la cabeza por el copete y la golpeó repetidamente. Esta no se soltó, pero emitió un largo gemido y dejó de luchar. Estaba muerto. Sin embargo, sus dientes aún sujetaban la manga, y a pesar de su gran fuerza, Kwairyō no pudo abrirle las mandíbulas.

Con la cabeza aún colgando de la manga, regresó a la casa y allí vio a los otros cuatro Rokuro-Kubi en cuclillas, con las cabezas magulladas y sangrantes unidas a sus cuerpos. Pero cuando lo vieron en la puerta trasera, todos gritaron: «¡El sacerdote! ¡El sacerdote!», y huyeron por la otra puerta hacia el bosque.

Hacia el este el cielo se iluminaba; el día estaba a punto de despuntar; y Kwairyō sabía que el poder de los duendes se limitaba a las horas de oscuridad. Observó la cabeza que se aferraba a su manga, con la cara toda sucia de sangre y espuma y barro, y se rio en voz alta mientras pensaba para sí: «¡Qué *miyagé*![4] ¡La cabeza de un duende!». Después de lo cual, recogió sus escasas pertenencias y descendió tranquilamente la montaña para continuar su viaje.

Siguió su camino hasta llegar a Suwa, en Shinano, y entró solemnemente en la calle principal con la cabeza colgando del codo. Entonces las mujeres se

---

[4]   Se llama así al regalo que se hace a los amigos o a la casa al regreso de un viaje. De ordinario, por supuesto, el *miyagé* consiste en algo producido en la localidad a la que se ha viajado: de ahí el sentido de la broma de Kwairyō.

desmayaron y los niños gritaron y huyeron; hubo gran aglomeración y clamor hasta que la *torité* (como se llamaba a la policía en aquellos días) apresó al sacerdote y lo llevó a la cárcel. Supusieron que la cabeza era la de un hombre asesinado que, en el momento de serlo, había cogido entre los dientes la manga del criminal. En cuanto a Kwairyō, tan solo sonrió y no dijo nada cuando lo interrogaron. Después de pasar una noche en la cárcel, lo condujeron ante los magistrados del distrito. Entonces se le ordenó que explicara cómo él, un sacerdote, había sido encontrado con la cabeza de un hombre sujeta a su manga, y por qué se había atrevido tan descaradamente a exhibir su crimen a la vista de la gente.

Kwairyō rio larga y ruidosamente ante estas preguntas, y luego dijo:

—Señores, yo no sujeté la cabeza a mi manga: se sujetó sola allí, muy en contra de mi voluntad. Y no he cometido ningún crimen. Si he causado la muerte del duende, no lo he hecho derramando sangre, sino simplemente tomando las precauciones necesarias para garantizar mi propia seguridad...

Y procedió a relatar toda la aventura, sin dejar de reír mientras relataba su encuentro con las cinco cabezas.

Pero los magistrados no se rieron. Lo juzgaron un criminal empedernido y consideraron que su historia era un insulto a su inteligencia. Por lo tanto, sin más preguntas, decidieron ordenar su ejecución inmediata, todos ellos excepto uno, un hombre muy viejo. Este anciano oficial no había hecho ningún comentario durante el juicio; pero, después de escuchar la opinión de sus colegas, se levantó y dijo:

—Examinemos primero la cabeza cuidadosamente; porque eso es algo, creo, que no se ha hecho todavía. Si el sacerdote ha dicho la verdad, la cabeza misma debería dar testimonio por él... ¡Traigan aquí la cabeza!

Así que colocaron ante los jueces la cabeza, que aún sostenía entre sus dientes el *koromo*, que habían arrancado de los hombros a Kwairyō. El anciano le dio vueltas y vueltas, la examinó cuidadosamente y descubrió, en la nuca, varios extraños caracteres rojos. Llamó la atención de sus colegas sobre ellos, y también les pidió que observaran que los bordes del cuello no presentaban en ninguna parte la apariencia de haber sido cortados por arma alguna. Al contrario, la línea de corte era suave como la zona en la que una hoja que cae se desprende del tallo. Así que el anciano se pronunció:

—Estoy bastante convencido de que el sacerdote no nos ha dicho más que la verdad. Esta es la cabeza de un Rokuro-Kubi. En el libro *Nan-hō-ï-butsu-shi* está escrito que siempre se pueden encontrar ciertos caracteres rojos en la nuca de un verdadero Rokuro-Kubi. Ahí están los caracteres: podéis ver por vosotros mismos que no han sido pintados. Además es bien sabido que tales duendes han habitado en las montañas de la provincia de Kai desde tiempos muy antiguos.

»Pero tú, señor —exclamó, volviéndose hacia Kwairyō—, ¿qué clase de robusto sacerdote puedes ser? Desde luego, has dado pruebas de un valor que pocos sacerdotes poseen, y tienes aires de soldado, más que de sacerdote. ¿Tal vez perteneciste alguna vez a la clase de los samuráis?

—Has acertado, señor —respondió Kwairyō—. Antes de hacerme sacerdote, seguí durante mucho tiempo la profesión de las armas; y en aquellos días nunca temí ni a hombre ni a demonio alguno. Mi nombre entonces era Isogai Héïdazaëmon Takétsura, de Kyūshū; puede que haya alguno entre vosotros que lo recuerde.

Al pronunciarse aquel nombre, un murmullo de admiración llenó la sala del tribunal, pues eran muchos los presentes que lo recordaban. Y Kwairyō se encontró de inmediato entre amigos en lugar de entre jueces; amigos deseosos de demostrar su admiración con amabilidad fraternal. Lo escoltaron con honores hasta la residencia del daimio, quien le dio la bienvenida, lo agasajó y le hizo un hermoso regalo antes de permitirle partir. Cuando Kwairyō abandonó Suwa, estaba tan feliz como a cualquier sacerdote se le permite estarlo en este mundo transitorio. En cuanto a la cabeza, la llevó consigo, insistiendo jocosamente en que la destinaba a un miyagé.

Y ahora solo queda saber qué fue de la cabeza.

Uno o dos días después de salir de Suwa, Kwairyō se encontró con un ladrón que lo detuvo en un lugar solitario y le ordenó que se desnudara. Kwairyo se quitó inmediatamente el *koromo* y se lo ofreció al ladrón, que entonces percibió por primera vez lo que colgaba de la manga. Aunque valeroso, el salteador se sobresaltó: dejó caer la prenda y retrocedió de un salto. Luego gritó:

—¡Tú! ¿Qué clase de sacerdote eres? Eres peor hombre que yo. Es verdad que he matado a gente, pero nunca he andado por ahí con la cabeza de nadie sujeta a mi manga… Bien, señor sacerdote, supongo que tenemos la misma vocación; ¡y debo decir que te admiro! Esa cabeza me sería útil: podría asustar a la gente con ella. ¿Quieres venderla? Puedes quedarte con mi túnica a cambio de tu *koromo*; y yo te daré cinco *ryō* por la cabeza.

Kwairyō respondió:

—Te dejaré la cabeza y la prenda, si insistes; pero debo decirte que esta no es la cabeza de un hombre. Es la cabeza de un duende. Así que, si la compras y tienes algún problema a consecuencia de ello, te ruego que recuerdes que yo no te he engañado.

—¡Bonito sacerdote estás hecho! —exclamó el ladrón. ¡Matas a hombres y encima bromeas con ello! Pero yo hablo en serio. Aquí está mi túnica y aquí está el dinero, y tú dame la cabeza. ¿Qué sentido tiene el hacer chiste de esto?

—Tómala pues —dijo Kwairyo—. No estaba bromeando. El único chiste, si es que hay algún chiste en esto, es que seas tan tonto como para pagar un buen dinero por la cabeza de un duende.

Y Kwairyō, riendo a carcajadas, siguió su camino.

De este modo, el ladrón consiguió la cabeza y el *koromo*, y durante algún tiempo jugó al duende-sacerdote en las carreteras. Pero, al llegar a la vecindad de Suwa, se enteró de la verdadera historia de la cabeza, y entonces temió que el espíritu del Rokuro-Kubi pudiera causarle problemas. Así que decidió devolver la cabeza al lugar de donde había salido y enterrarla con su cuerpo. Encontró el camino hasta la solitaria cabaña en las montañas de Kai, pero no había nadie y no pudo encontrar el cuerpo.

Por lo tanto, enterró la cabeza sola en la arboleda detrás de la cabaña, hizo colocar una lápida sobre la tumba y mandó que se realizara un servicio *Ségaki* en nombre del espíritu del Rokuro-Kubi.

Y esa lápida, conocida como la Lápida del Rokuro-Kubi, puede verse hasta el día de hoy. O así lo afirma al menos el narrador japonés.

JUSTICIA

EL GORRIÓN DE LA LENGUA CORTADA

Hace mucho tiempo vivían en Japón un anciano y su esposa. Él era un hombre bueno, bondadoso y trabajador, pero su mujer era personaje revirado que echaba a perder la felicidad del hogar con su lengua siempre presta a recriminar. Refunfuñaba de la mañana a la noche. Hacía mucho tiempo que el viejo había dejado de prestar atención a sus quejas. Pasaba la mayor parte del día fuera, trabajando en el campo, y como no tenía hijos, cuando volvía a casa se entretenía con un gorrión domesticado. Quería al pajarillo tanto como si hubiera sido su hijo.

Cuando volvía por la noche, después de su duro día de trabajo al aire libre, su único placer consistía en acariciar al gorrión, hablarle y enseñarle pequeños trucos, que este aprendía con suma rapidez. El viejo abría la jaula y le dejaba volar por la habitación, y jugaban juntos. Cuando llegaba la hora de la cena, siempre guardaba algún bocado de su comida para alimentar a su pajarillo.

Un día, el anciano salió a cortar leña al bosque y la anciana se ocupó en casa de lavar la ropa. El día anterior había hecho un poco de almidón, y cuando fue a buscarlo, ya no quedaba nada; el cuenco que había llenado el día anterior estaba vacío.

Mientras se preguntaba quién podría haber usado o robado el almidón, bajó volando el gorrión mascota e, inclinando su cabecita emplumada —un truco que le había enseñado su amo—, el hermoso pájaro gorjeó y dijo:

—He sido yo el que ha cogido el almidón. Creí que era comida que me habían puesto en esa palangana y me lo comí todo. ¡Si he cometido un error te ruego que me perdones! ¡Pío! ¡Pío! ¡Pío!

Como se ve, el gorrión era un pájaro sincero, y la vieja debería haber perdonado de inmediato cuando se disculpó con tanta gentileza. Pero no fue así.

La anciana nunca había querido al gorrión, y discutía con su marido por tener en casa lo que ella consideraba un pájaro sucio, pretextando que solo le daba más trabajo. Así que ahora estuvo encantada de tener algún motivo de queja contra el animal. Regañó e incluso maldijo al pobre pajarillo por su mal comportamiento, y no contenta con emplear aquellas palabras duras e insensibles, en un arrebato de ira agarró al gorrión —que durante todo este tiempo había desplegado las alas e inclinado la cabeza ante la anciana para mostrarle cuánto lo sentía—, cogió las tijeras y cortó la lengua al pobre pajarillo.

—¡Supongo que te llevaste mi almidón con esa lengua! Ahora verás lo que es estar sin ella.

Y con esas terribles palabras ahuyentó al pájaro, sin importarle lo más mínimo lo que pudiera ocurrirle y sin la menor piedad por su sufrimiento, ¡tan cruel era!

La anciana, después de espantar al gorrión, hizo más pasta de arroz, refunfuñando todo el tiempo por la molestia sufrida, y después de almidonar toda su ropa, extendió las piezas sobre tablas para que se secaran al sol, en vez de plancharlas, como se hace en Inglaterra.

Al anochecer, el anciano regresó a casa. Como de costumbre, durante el camino de vuelta, esperaba con impaciencia el momento de llegar a la puerta de su casa y ver a su mascota salir volando y gorjear a su encuentro, agitando las plumas para mostrar su alegría, y por fin posarse sobre su hombro. Pero esa noche el viejo quedó muy decepcionado, pues no se veía ni la sombra de su querido gorrión.

Aceleró el paso, se quitó a toda prisa las sandalias de paja y salió al porche. Todavía no asomaba ningún gorrión. Ahora estaba seguro de que su mujer, en uno de sus enfados, había encerrado al gorrión en su jaula. Así que la llamó y le preguntó ansioso:

—¿Dónde se ha metido hoy Suzume San (Señorita Gorrión)?

La anciana fingió no saberlo al principio, y contestó:

—¿Tu gorrión? Estoy segura de que no lo sé. Ahora que lo pienso, no lo he visto en toda la tarde. No me extrañaría que ese pájaro ingrato se hubiera ido volando y te hubiera abandonado, a pesar de todas tus caricias.

Pero al final, como el viejo no le daba tregua, sino que le preguntaba una y otra vez, insistiendo en que tenía que saber qué le había ocurrido a su mascota, ella lo confesó todo. Le contó enfadada cómo el gorrión se había comido la pasta de arroz que ella había hecho expresamente para almidonar su ropa, y cómo, cuando el gorrión le confesó lo que había hecho, llena de enojo, había cogido sus tijeras y le había cortado la lengua, y cómo había acabado por expulsar al pájaro y le había prohibido volver de nuevo a la casa.

Luego la anciana mostró a su marido la lengua del gorrión, diciendo:

—¡Aquí está la lengua que le corté! Horrible pajarillo, ¿por qué se ha comido todo mi almidón?

—¿Cómo has podido ser tan cruel? ¡Ay! ¿Cómo has podido ser tan cruel? —fue todo lo que el anciano pudo responder.

Era un hombre demasiado bondadoso como para castigar a la arpía de su esposa, pero se encontraba terriblemente afligido por lo que le había ocurrido a su pobre gorrioncillo.

«¡Qué desgracia para mi pobre Suzume San, perder la lengua!», se dijo. «¡Ya no podrá gorjear, y seguramente que el dolor le habrá hecho enfermar! ¿No hay nada que pueda hacer?».

El anciano derramó muchas lágrimas después de que su atrabiliaria esposa se hubiera ido a dormir. Mientras se enjugaba el llanto con la manga de su túnica de algodón, una idea brillante lo reconfortó: iría a buscar al gorrión al día siguiente. Una vez decidido esto, pudo por fin dormirse.

A la mañana siguiente, se levantó temprano, no bien despuntó el día, y tras ingerir un rápido desayuno, se puso en marcha por las colinas y a través de los bosques, deteniéndose en cada grupo de bambúes para gritar:

—¿Dónde, oh, dónde se encuentra mi gorrión de lengua cortada? ¿Dónde, oh, dónde se encuentra mi gorrión de lengua cortada?

No se detuvo a descansar para ingerir su comida del mediodía, y ya estaba bien entrada la tarde cuando se encontró cerca de un gran bosque de bambúes. Los bosques de bambú son los lugares preferidos de los gorriones, y allí, al borde del bosque, descubrió a su querido gorrión, esperándole para darle la bienvenida. Apenas podía creer lo que veían sus ojos, llenos de alegría, y corrió a saludarle. Él inclinó la cabecita e hizo una serie de trucos, de los que su amo le había enseñado, para mostrar el placer que sentía de volver a ver a su viejo amigo y, cosa maravillosa de contar, podía hablar como antaño. El anciano le dijo que sentía mucho lo ocurrido y le preguntó por su lengua, asombrado de que hablara tan bien sin ella. Entonces, el gorrión abrió el pico para mostrarle que le había crecido una lengua nueva en lugar de la vieja, y le rogó que no pensara más en el pasado, pues ya se encontraba bien. Así fue como el viejo cayó en la cuenta de que su gorrión era un hada, y no un pájaro común. Sería difícil exagerar al contar la alegría del anciano. Olvidó todos sus problemas, e incluso lo cansado que estaba, pues había encontrado a su gorrión, y no enfermo y sin lengua, como había temido, sino que estaba bien y feliz y con una nueva lengua, y sin secuelas de los malos tratos que había recibido de su mujer. Y por encima de todo, además era un hada.

El gorrión le pidió que lo siguiera y lo condujo a una hermosa casa ubicada en el corazón del bosquecillo de bambúes. El anciano se quedó de lo más asombrado cuando entró en la casa y descubrió lo hermosa que era. Estaba construida con la madera más blanca, las suaves esteras de color crema que hacían las veces de alfombras eran las más finas que jamás había visto, y los cojines que el gorrión le sacó para que se sentara estaban hechos de la seda y el crepé más finos. Hermosos jarrones y cajas lacadas adornaban los *tokonoma*[1] de todas las habitaciones.

---

[1] Una alcoba donde se exponen objetos preciosos.

El gorrión condujo al anciano al lugar de honor, y luego, ocupando su lugar a una humilde distancia, le agradeció con muchas reverencias corteses toda la amabilidad que le había mostrado durante largos años.

Tras eso, la Dama Gorrión, que es como de ahora en adelante la llamaremos, presentó al anciano a toda su familia. Una vez hecho esto, sus hijas, ataviadas con delicados vestidos de crepé, les trajeron en hermosas bandejas antiguas un festín de toda clase de manjares deliciosos, hasta que el anciano empezó a pensar que estaba soñando. A mitad de la cena, algunas de las hijas del gorrión bailaron una maravillosa danza, llamada *Suzume-odori* o «danza del gorrión», para solaz de los invitados.

Nunca el viejo había disfrutado tanto. Las horas pasaban demasiado deprisa en aquel hermoso lugar, con todos aquellos gorriones mágicos esperándole, agasajándole y bailando ante él.

Pero llegó la noche y la oscuridad le recordó que le quedaba un largo camino por recorrer, y que debía pensar en despedirse y volver a casa. Dio las gracias a su amable anfitriona por el espléndido agasajo que le había brindado, y le rogó, por su bien, que olvidara todo lo que había sufrido a manos de su revirada esposa. Dijo a la Dama Gorrión que para él era un gran consuelo y una gran felicidad encontrarla en una casa tan hermosa y saber que no le faltaba de nada.

 Fue su ansiedad por saber cómo estaba y qué le había ocurrido realmente lo que le había llevado a buscarla. Ahora que sabía que todo estaba en orden, podía volver a casa con el corazón ligero. Si alguna vez ella lo necesitaba para algo, solo tenía que mandarlo llamar y él acudiría de inmediato.

La Dama Gorrión le rogó que se quedara a descansar varios días y disfrutase del cambio, pero el anciano dijo que debía volver con su anciana esposa —que probablemente se enfadaría porque no volviera a casa a la hora de costumbre— y a su trabajo y que, por lo tanto, por mucho que lo deseara, no podía aceptar su amable invitación. Pero ahora que sabía dónde vivía la Dama Gorrión, iría a verla siempre que tuviera tiempo.

Cuando la Dama Gorrión vio que no podía persuadir al viejo para que se quedara más tiempo, dio una orden a algunos de sus sirvientes y ellos de inmediato acudieron con dos cajas, una grande y otra pequeña. Las colocaron ante el anciano, y la Dama Gorrión le pidió que eligiese la que más le gustase, como el regalo que deseaba hacerle.

El anciano no pudo rechazar esta amable propuesta y eligió la caja más pequeña, diciendo:

—Ahora soy demasiado viejo y débil para cargar con la caja grande y pesada. Como eres tan amable de decir que puedo escoger la que quiera, elegiré la pequeña, que me será más fácil de transportar.

Entonces entre todos los gorriones le ayudaron a echársela a la espalda y fueron a la puerta a decirle adiós, despidiéndose de él con muchas reverencias y rogándole que volviera cuando tuviera tiempo. De este modo, el anciano y su gorrión se separaron felizmente, sin que el gorrión mostrase la menor animadversión por los malos tratos sufridos a manos de la anciana esposa. De hecho, solo sintió pena por el viejo, que había tenido que aguantarla toda su vida.

Cuando el anciano llegó a casa, encontró a su mujer aún más atravesada que de costumbre, pues ya era tarde y llevaba mucho rato esperándole despierta.

—¿Dónde has estado todo este tiempo? —preguntó a voces—. ¿Por qué vuelves tan tarde?

El viejo trató de tranquilizarla mostrándole la caja de regalos que había traído consigo, y luego le contó todo lo que le había sucedido, y lo maravillosamente que lo habían agasajado en casa del gorrión.

—Ahora veamos qué hay en la caja —dijo el anciano, sin darle tiempo a refunfuñar de nuevo—. Tienes que ayudarme a abrirla.

Y ambos se sentaron ante la caja y la abrieron.

Para su asombro, encontraron la caja llena hasta los topes de monedas de oro y plata, así como de muchas otras cosas preciosas. Las alfombras de su casita relucían mientras sacaban los objetos uno a uno, los dejaban en el suelo y los manipulaban una y otra vez. El viejo estaba exultante al ver las riquezas que ahora eran suyas. El regalo del gorrión sobrepasaba cualquier expectativa que hubiera podido tener, ya que le permitiría renunciar al trabajo y vivir tranquilo y cómodo el resto de sus días.

Exclamó:

—¡Gracias a mi gorrioncito bueno! ¡Gracias a gorrioncito bueno! —y lo dijo muchas veces.

Pero la vieja, una vez pasados los primeros momentos de sorpresa y satisfacción al ver el oro y la plata, no pudo reprimir la codicia propia de su naturaleza perversa. Empezó a reprochar al viejo que no hubiera llevado a casa la caja grande de regalos, pues él, inocente de corazón como era, le había contado que había rechazado la caja grande que le habían ofrecido los gorriones, prefiriendo la pequeña, por ser más ligera y fácil de llevar a casa.

—Viejo tonto —le dijo ella—, ¿por qué no trajiste la caja grande? Piensa en lo que hemos perdido. Podríamos haber tenido el doble de plata y oro que esto. ¡Eres un viejo chocho! —gritó.

Y se fue a la cama todo lo enfadada que podía estar.

El viejo habría deseado ahora no haber dicho nada sobre la gran caja, pero ya era demasiado tarde; la codiciosa vieja, no contenta con la buena suerte que de manera tan inesperada les había alcanzado, y que tan poco merecía ella, se propuso, si era posible, conseguir más.

A la mañana siguiente se levantó temprano e hizo que el viejo le describiera el camino a la casa del gorrión. Cuando él vio lo que ella tenía en la cabeza, trató de impedírselo, pero fue inútil. Ella no quiso escuchar ni una palabra. Es extraño que la anciana no sintiera vergüenza de ir a ver al gorrión después de la cruel manera en que lo había tratado al cortarle la lengua en un arrebato de ira. Pero su ansia por conseguir la gran caja le hizo olvidar todo lo demás. Ni siquiera se le pasó por la cabeza que los gorriones pudieran estar enfadados con ella, como de hecho lo estaban, y que pudieran castigarla por lo que había hecho.

Desde que la Dama Gorrión regresara a casa en la triste situación en que la habían encontrado, llorando y sangrando por la boca, toda su familia y allegados no habían hecho otra cosa que hablar sobre la crueldad de la vieja.

«¿Cómo era capaz de infligir un castigo tan severo por una ofensa tan insignificante como la de comerse por error un poco de pasta de arroz?», se preguntaban unos a otros. Todos querían al viejo, que era tan amable, bueno y paciente, a pesar de todos sus problemas, pero odiaban a la vieja, y decidieron, si alguna vez tenían la oportunidad, castigarla como merecía. No tuvieron que esperar mucho.

Después de caminar durante varias horas, la vieja había encontrado por fin el bosquecillo de bambú que había hecho describir minuciosamente a su marido, y ahora estaba plantada ante el mismo, gritando:

—¿Dónde está la casa del gorrión de lengua cortada? ¿Dónde está la casa del gorrión de lengua cortada?

Al cabo del tiempo, vio el alero de la casa asomando entre el follaje del bambú. Se apresuró hasta la puerta y llamó con fuerza.

Cuando los criados avisaron a la Dama Gorrión de que su anciana señora estaba en la puerta pidiendo verla, se sorprendió un poco de la inesperada visita, después de todo lo que había ocurrido, y se extrañó no poco de la osadía de la anciana al atreverse a acudir a la casa. La Dama Gorrión, sin embargo, era un ave cortés, y salió a saludar a la vieja, recordando que en otro tiempo había sido su señora.

Pero la vieja no quiso perder tiempo en palabras y fue directa al grano, sin la menor vergüenza, y dijo:

—No necesitas molestarte en entretenerme como hiciste con mi viejo esposo. He venido yo misma a buscar la caja que tan estúpidamente dejó él atrás. Me marcharé enseguida si me das la caja grande, ¡es todo lo que quiero!

La Dama Gorrión accedió a ello de inmediato y ordenó a sus sirvientes que trajeran la gran caja. La anciana la cogió con avidez y se la echó a la espalda y, sin detenerse siquiera a dar las gracias a la Dama Gorrión, echó a andar a toda velocidad hacia su casa. La caja era tan pesada que no podía andar deprisa, y mucho menos correr, como le hubiera gustado, de tan ansiosa que estaba por llegar a casa y ver lo que había dentro de la caja, y a menudo tenía que sentarse y descansar por el camino.

Mientras se tambaleaba bajo la pesada carga, su deseo de abrir la caja se hizo demasiado fuerte como para resistirse. No podía esperar más, pues suponía que aquella gran caja estaba llena de oro y plata y de joyas preciosas, como lo estaba la pequeña que había recibido su marido.

Por fin, aquella vieja avariciosa y egoísta dejó la caja junto al camino y la abrió con cuidado, esperando regodear sus ojos en una mina de riquezas. Lo que vio, sin embargo, la aterrorizó tanto que estuvo a punto de perder el sentido. En cuanto levantó la tapa, varios demonios de aspecto horrible y espantoso salieron disparados de la caja y la rodearon como si tuvieran intención de matarla. Ni siquiera en sus pesadillas había visto criaturas tan horribles como las que contenía su tan codiciada caja. Un demonio con un enorme ojo en medio de la frente se le acercó y la miró fijamente, en tanto que monstruos con bocas abiertas parecían dispuestos a devorarla, una enorme serpiente se enroscaba y siseaba a su alrededor, y una gran rana saltaba y croaba hacia ella.

La anciana no se había asustado tanto en su vida, y huyó del lugar tan rápido como se lo permitieron sus temblorosas piernas, contenta de escapar con vida. Cuando llegó a su casa, cayó al suelo y le contó a su marido entre lágrimas todo lo que le había sucedido y cómo había estado a punto de morir en las garras de los demonios de la caja.

Luego empezó a culpar al gorrión, pero el anciano la interrumpió en el acto, diciendo:

—No culpes al gorrión, es tu maldad la que al final ha encontrado su recompensa. Solo espero que esto te sirva de lección en el futuro.

La vieja no dijo nada más; a partir de aquel día se arrepintió de sus costumbres crueles y atravesadas, y poco a poco se convirtió en una buena anciana, de modo que su marido apenas la reconocía, y pasaron felizmente sus últimos días juntos, libres de necesidades o cuidados, gastando con mesura el tesoro que el anciano recibió de su mascota, el gorrión de la lengua cortada.

EL GRANJERO
Y EL TEJÓN

Hace mucho tiempo, vivían un viejo granjero y su esposa en las montañas, lejos de cualquier ciudad. Su único vecino era un tejón malvado y malicioso. Este tejón solía salir todas las noches y corría al campo del granjero para estropear las verduras y el arroz que este se había tomado la molestia de cultivar con esmero. Al final, el malhechor se volvió tan despiadado en sus travesuras y causó tanto daño por toda la granja, que el granjero, que era de natural bondadoso, no pudo soportarlo más y decidió ponerle fin. Así que, día tras día y noche tras noche, se situaba al acecho con un gran garrote, con la esperanza de atrapar al tejón, pero todo fue en vano. Entonces puso trampas para el malvado animal.

Las molestias y la paciencia del granjero se vieron por fin recompensadas, pues un buen día, al hacer la ronda, encontró al tejón atrapado en un agujero que había cavado para tal fin. El granjero, encantado de haber capturado a su enemigo, lo llevó a casa atado con una cuerda. Al llegar a casa, el granjero dijo a su mujer:

—Por fin he cazado a este maligno tejón. Debes vigilarlo mientras trabajo y no dejar que se escape, porque quiero hacer sopa con él esta noche.

Dicho esto, colgó al tejón de las vigas de su almacén y salió a trabajar al campo. El tejón estaba muy angustiado, pues no le gustaba nada la idea de que le hicieran sopa aquella noche, y pensó y pensó durante largo rato, tratando de dar con algún plan por el que pudiera escapar. Era difícil pensar con claridad en su incómoda posición, pues lo habían colgado cabeza abajo. Muy cerca de él, en la entrada del almacén, mirando hacia los verdes campos, los árboles y el agradable sol, estaba la anciana esposa del granjero batiendo la cebada. Parecía cansada y vieja. Tenía la cara llena de arrugas y morena como el cuero, y de vez en cuando paraba para secarse el sudor que le caía por el rostro.

—Querida señora —le dijo el astuto tejón—, debe de estar muy cansada haciendo un trabajo tan pesado en su vejez. ¿No me deja hacerlo por usted? Mis brazos son muy fuertes, ¡y podría aliviarle así por un rato!

—Gracias por tu amabilidad —repuso la anciana—, pero no puedo dejarte hacer este trabajo por mí, porque no debo desatarte, ya que podrías escapar si yo así lo hiciera, y mi marido se enfadaría mucho si llegara a casa y se encontrase con que te has ido.

Ahora bien, el tejón es uno de los animales más astutos que hay, y volvió a decir con voz muy triste y suave:

—Es usted muy cruel. Podría desatarme, que prometo no intentar escapar. Si teme a su marido, dejaré que me ate de nuevo antes de su regreso, cuando haya terminado de moler la cebada. Me siento de lo más cansado y dolorido, así atado. Si me dejara bajar unos minutos, se lo agradecería.

La anciana era de naturaleza buena y sencilla, y no era capaz de pensar mal de nadie. Mucho menos supuso que el tejón solo la engañaba para escapar. También sintió lástima por el animal cuando se volvió a mirarlo. ¡Estaba en una situación tan triste, colgado del techo por las patas, atadas tan fuertemente que la cuerda y los nudos le cortaban la piel! Así que, con toda la bondad de su corazón, y creyendo en la promesa de la criatura de que no huiría, desató la cuerda y lo dejó bajar.

La anciana le dio entonces el mortero de madera y le dijo que hiciera el trabajo durante un rato mientras ella descansaba. El tejón cogió el mortero pero, en vez de hacer el trabajo, tal como se le había ordenado, se abalanzó sobre la anciana y la derribó con el pesado mango de madera. Luego la mató, la descuartizó e hizo sopa con ella, y esperó el regreso del viejo granjero. El viejo trabajó duro en sus campos todo el día, y mientras trabajaba pensó con placer que ahora su labor ya no sería estropeada más por el destructivo tejón.

Hacia el atardecer, dejó su trabajo y se volvió a casa. Estaba muy cansado, pero la idea de que le esperaba una buena cena de sopa caliente de tejón lo animó. En ningún momento se le pasó por la cabeza la idea de que el tejón pudiera liberarse y vengarse en la pobre anciana.

Mientras tanto, el tejón adoptó la forma de la anciana y, en cuanto vio acercarse al viejo granjero, salió a saludarlo a la veranda de la casita, diciendo:

—Así que por fin has vuelto. He hecho la sopa de tejón y te he estado esperando largo tiempo.

El viejo granjero se quitó rápidamente las sandalias de paja y se sentó ante su pequeña escudilla. El inocente hombre ni se imaginaba que no era su mujer, sino el tejón quien le esperaba, y pidió que le trajera sin demora la sopa. Entonces el tejón reasumió de repente su forma natural y gritó:

—¡Viejo come-esposas! ¡Vete a ver los huesos que hay en la cocina!

Y riendo ruidosa y burlonamente, escapó de la casa y corrió a su guarida en las colinas. El anciano se quedó solo. Apenas podía creer lo que había visto y oído. Cuando comprendió toda la verdad, se asustó y horrorizó tanto que se desmayó en el acto. Al cabo de un rato, volvió en sí y rompió a llorar. Lloraba con fuerza y amargura. Se mecía de un lado a otro en su desesperado dolor. Parecía demasiado terrible para ser real que su fiel esposa hubiera sido asesinada y cocinada por el tejón mientras él trabajaba tranquilamente en el campo, sin saber nada de lo que ocurría en casa, y felicitándose de haberse librado de una vez por todas del malvado animal que tantas veces le había estropeado los campos. Y ¡oh, qué horrible pensamiento!: había estado a punto de sorber la sopa que la criatura había hecho con su pobre y anciana esposa. «¡Ay, querida, querida, querida!», se lamentaba en voz alta. No muy lejos de allí, vivía en la misma montaña un viejo conejo bondadoso y amable. Oyó al anciano llorar y sollozar, y enseguida fue a ver qué pasaba y si podía hacer algo para ayudar a su vecino. El viejo le contó todo lo sucedido. Cuando el conejo oyó la historia, se enfadó mucho contra el malvado y engañoso tejón, y dijo al viejo que dejara todo en sus manos y que él vengaría la muerte de su mujer. El granjero se sintió por fin reconfortado y, enjugándose las lágrimas, agradeció al conejo su bondad al acudir a él en esos momentos de tribulaciones.

El concjo, al ver que el granjero se tranquilizaba, volvió a su casa para trazar sus planes para castigar al tejón.

Al día siguiente hizo buen tiempo, y el conejo salió en busca del tejón. No se le veía ni en el bosque, ni en la ladera, ni en el campo por ninguna parte, así que el conejo acudió a su madriguera y allí encontró al tejón escondido, pues el animal había tenido miedo de dejarse ver desde que había escapado de la casa del granjero, por temor a la ira del anciano.

El conejo le llamó:

—¿Por qué no sales, haciendo un día tan hermoso? Ven conmigo e iremos juntos a cortar hierba en las colinas.

El tejón, que nunca sospechó que el conejo no fuese su amigo, consintió de buen grado en salir con él, encantado de alejarse de la proximidad del granjero y, por tanto, del miedo a encontrarse con él. El conejo lo condujo a kilómetros de distancia de sus casas, a las colinas donde la hierba crecía alta, espesa y dulce. Ambos se pusieron manos a la obra para cortar toda la hierba que pudieran llevarse a casa y almacenarla para poder alimentarse durante el invierno. Cuando cada uno hubo cortado todo lo que quiso, lo ataron en haces y emprendieron el camino de vuelta a casa, cada uno con su haz de hierba a la espalda. En esta ocasión, el conejo hizo ir por delante del tejón.

Cuando se hubieron alejado un poco, el conejo sacó un pedernal y un eslabón y, golpeándolos cerca del lomo del tejón, que iba por delante, prendió fuego al haz de hierba de este. El tejón oyó el golpe del pedernal y preguntó:

—¿Qué es ese ruido: «crac, crac»?

—Oh, eso no es nada —replicó el conejo—; solo es un «crac, crac», porque esta montaña se llama Montaña Crepitante.

El fuego no tardó en propagarse por el haz de hierba seca que llevaba el tejón sobre el lomo. El tejón, al oír el crepitar de la hierba ardiendo, preguntó:

—¿Qué es eso?

—Hemos llegado a la Montaña Ardiente —respondió el conejo.

Para entonces, casi todo el fardo ardía y la totalidad del pelo del lomo del tejón se había quemado. Ahora sabía lo que había pasado, gracias al olor del humo de la hierba quemada. Gritando de dolor, el tejón corrió lo más rápido que pudo hacia su madriguera. El conejo lo siguió y lo encontró tumbado en su cama gimiendo de dolor.

—¡Qué mala suerte tienes! —dijo el conejo—. ¡Yo ni puedo imaginar cómo te ha podido pasar! Te traeré una medicina que te curará la espalda enseguida.

El conejo se marchó contento y sonriente al pensar que el castigo al tejón ya había comenzado. Esperaba que el tejón muriera de sus quemaduras, pues pensaba que nada podía ser demasiado malo para el animal, siendo como era culpable del asesinato de una pobre anciana indefensa que había confiado en él. Volvió a casa e hizo un ungüento mezclando un poco de salsa y pimienta roja.

Se lo llevó al tejón; sin embargo, antes de aplicárselo, le dijo que le causaría mucho dolor, pero que debía soportarlo con paciencia, porque era una medicina maravillosa para las quemaduras, escaldaduras y heridas semejantes. El tejón se lo agradeció y le rogó que se lo aplicara de inmediato. Pero no hay palabras que puedan describir la agonía del tejón tan pronto como le aplicaron la pimienta roja sobre su dolorida espalda. Se revolcaba y aullaba. El conejo, al verle, sintió que la mujer del granjero empezaba a ser vengada.

El tejón estuvo en cama cerca de un mes; pero al fin, a pesar de la aplicación de la pimienta roja, sus quemaduras sanaron y se puso bueno. Cuando el conejo vio que el tejón se estaba recuperando, pensó en otro plan con el que podría causar la muerte de la criatura. Así que un día fue a visitar al tejón, a felicitarle por su recuperación.

Durante la conversación, el conejo mencionó que iba a pescar, y describió lo agradable que era pescar cuando hacía buen tiempo y el mar estaba tranquilo.

El tejón escuchó con agrado el relato del conejo sobre cómo pasaba de esa forma el tiempo, y olvidó todos sus dolores y su mes de convalecencia, y pensó en lo divertido que sería si él también pudiera ir a pescar; así que le preguntó al conejo si le llevaría la próxima vez que saliera a pescar. Eso era lo que pretendía el conejo, y aceptó.

Acto seguido fue a casa y construyó dos barcas, una de madera y otra de barro. Al cabo del tiempo, las dos estuvieron terminadas, y mientras el conejo contemplaba su obra, sintió que todos sus esfuerzos se verían recompensados si su plan tenía éxito y conseguía matar al malvado tejón.

Llegó el día en que el conejo había quedado con el tejón para ir a pescar. Se quedó con la barca de madera y dio al tejón la de barro. El tejón, que no sabía nada de barcos, estaba encantado con su nueva barca y pensó que el conejo había sido muy amable al regalársela. Ambos se subieron a sus barcas y se pusieron a bogar.

Cuando se hubieron alejado un poco de la orilla, el conejo propuso que probaran sus barcas para ver cuál iba más rápido. El tejón estuvo de acuerdo con la proposición, y ambos se pusieron manos a la obra para remar lo más rápido posible durante algún tiempo. A mitad de la carrera, el tejón se dio cuenta de que su barca se hacía pedazos, pues el agua empezaba a ablandar la arcilla. Atemorizado, pidió ayuda al conejo. Pero el conejo le contestó que estaba vengando el asesinato de la anciana, que esa había sido su intención desde el principio, que se alegraba al pensar que el tejón había encontrado por fin su merecido por todos sus malvados crímenes, y que se congratulaba de que se ahogase sin que nadie le ayudara. Después, levantó el remo y golpeó al tejón con todas sus fuerzas, hasta que este cayó con la barca de barro que se hundía y no se lo volvió a ver.

Así cumplió por fin su promesa al viejo granjero. El conejo dio media vuelta, remó hacia la costa y, tras desembarcar y toar de la barca hasta la playa, se apresuró a volver para contárselo todo al viejo granjero y darle cuenta de cómo había matado al malvado, su enemigo.

El viejo campesino se lo agradeció con lágrimas en los ojos. Le dijo que hasta ahora nunca había podido dormir por la noche ni estar en paz durante el día, pensando en cómo la muerte de su esposa estaba sin vengar, pero que a partir de ese momento podría dormir y comer como antaño. Rogó al conejo que se quedara con él y compartiera su casa; así que desde ese día el conejo fue a residir con el viejo granjero y ambos vivieron juntos como buenos amigos hasta el final de sus días.

LA HISTORIA DEL ANCIANO QUE HIZO FLORECER ÁRBOLES MARCHITOS

Hace mucho, mucho tiempo, vivían un anciano y su esposa que subsistían cultivando una pequeña parcela de tierra. Su vida había sido muy feliz y apacible salvo por una gran pena, y esta era que no tenían hijos. Su única mascota era un perro llamado Shiro, al que prodigaban todo el cariño de su vejez. De hecho, lo querían tanto que, siempre que tenían algo bueno para comer, se privaban de ello para dárselo a Shiro. Shiro significa «Blanco», y le llamaban así por su color. Era un verdadero perro japonés, y de aspecto muy parecido a un lobo pequeño.

La hora más feliz del día para el anciano y para su perro era cuando el hombre regresaba de su trabajo en el campo y, tras terminar su frugal cena de arroz y verduras, sacaba lo que había apartado de la comida al pequeño porche que rodeaba la casa. Podéis jurar que ahí estaba Shiro esperando a su amo y el bocado de la tarde. Entonces el viejo decía «¡Chin, chin!», y Shiro se sentaba y suplicaba, y su amo le daba la comida. Al lado de esta buena pareja de ancianos vivían otro anciano y su mujer, que eran malvados y crueles, y que odiaban con todas sus fuerzas a sus buenos vecinos y al perro Shiro. Cada vez que Shiro se asomaba a su cocina, le daban una patada o le tiraban algo, a veces incluso lo herían.

Un día se oyó ladrar a Shiro durante largo tiempo en el campo, detrás de la casa de su amo. El anciano, pensando que tal vez algunos pájaros estaban atacando el maíz, se apresuró a salir para ver qué ocurría. En cuanto Shiro vio a su amo, corrió a su encuentro, meneando la cola, y agarrando el extremo de su kimono, lo arrastró bajo un gran árbol de yenoki. Allí empezó a escarbar afanosamente con sus patas, aullando de alegría todo el tiempo. El anciano, incapaz de entender lo que significaba todo aquello, se quedó mirando perplejo. Pero Shiro seguía ladrando y cavando con todas sus fuerzas.

Al viejo se le ocurrió que había algo escondido bajo el árbol y que el perro lo había olfateado. Volvió corriendo a la casa, cogió la pala y se puso a remover la tierra en aquel lugar.

Cuál no sería su asombro cuando, después de cavar durante algún tiempo, dio con un montón de monedas viejas valiosas, y cuanto más cavaba, más monedas de oro encontraba. Tan concentrado estaba el anciano en su trabajo, que no llegó a ver la cara compungida de su vecino observándolo a través del seto de bambú. Por fin, todas las monedas de oro brillaban dispersas por la tierra. Shiro se sentó henchido de orgullo y miró con cariño a su amo como diciendo: «¿Ves? Aunque solo soy un perro, puedo devolverte algo de toda la bondad que me muestras».

El viejo corrió a llamar a su mujer, y juntos llevaron el tesoro a casa. Así, en un solo día, el pobre anciano se hizo rico. Su gratitud hacia el fiel perro no tenía límites, y lo amaba y acariciaba más que nunca, si eso era posible.

El viejo vecino atravesado, atraído por los ladridos de Shiro, había sido testigo invisible y envidioso del hallazgo del tesoro. Empezó a considerar que a él también le gustaría encontrar una fortuna. Así que unos días más tarde llamó a la casa del anciano y con gran ceremonia le pidió permiso para tomar prestado a Shiro durante un corto periodo de tiempo.

Al amo de Shiro le pareció una petición extraña, porque sabía muy bien que su vecino no solo no quería a su perro, sino que no perdía ocasión de golpearlo y atormentarlo cada vez que este se cruzaba en su camino. Pero el buen anciano era demasiado bondadoso como para rechazar a su vecino, así que consintió en prestarle el perro a condición de que lo cuidara mucho.

El malvado anciano regresó a su casa con una sonrisa malévola en el rostro y contó a su esposa cómo había tenido éxito en sus astutas intenciones. Luego cogió su pala y se dirigió a toda prisa a su propio campo, obligando al renuente Shiro a seguirle. En cuanto llegó a un árbol de yenoki, dijo al perro, amenazador:

—Si había monedas de oro bajo el árbol de tu amo, también debe haberlas bajo el mío. Debes encontrarlas por mí. ¿Dónde están? ¿Dónde? ¿Dónde?

Y agarrando el cuello de Shiro, sujetó la cabeza del perro contra el suelo, de modo que Shiro empezó a arañar y a escarbar para liberarse de las garras del horrible viejo.

El viejo se alegró mucho cuando vio que el perro empezaba a rascar y a cavar, pues supuso de inmediato que bajo su árbol y bajo el de su vecino yacían enterradas algunas monedas de oro, y que el perro las había olfateado como antes; así que, apartando a Shiro, empezó a cavar él mismo, pero no encontró nada. Mientras seguía cavando, se percibía un olor nauseabundo, y por fin dio con un montón de basura.

Cabe imaginar el disgusto del viejo. No tardó en enrabietarse. Había presenciado la buena suerte de su vecino y, con la esperanza de tenerla él también, le había pedido prestado el perro Shiro; y ahora, cuando parecía a punto de encontrar lo que buscaba, un montón de basura de olor nauseabundo era su única recompensa por una mañana de excavación. En lugar de responsabilizarse de su propia codicia por su decepción, culpó al pobre perro. Cogió la pala y golpeó con todas sus fuerzas a Shiro, de modo que lo mató en el acto. Luego arrojó el cuerpo del perro al agujero que había cavado con la esperanza de encontrar un tesoro de monedas de oro, y lo cubrió con tierra. Luego regresó a la casa sin contar a nadie, ni siquiera a su mujer, lo que había hecho.

Tras varios días de espera, como el perro Shiro no regresaba, su amo empezó a inquietarse. Pasaban los días y el buen anciano esperaba en vano. Entonces fue a ver a su vecino y le pidió que le devolviera a su perro. Sin ninguna vergüenza ni vacilación, el malvado vecino respondió que había matado a Shiro por su mal comportamiento. Ante esta terrible noticia, el amo de Shiro lloró muchas lágrimas tristes y amargas. Su sorpresa fue grande, pero era demasiado bueno y gentil para reprochar a su malvado vecino. Al saber que Shiro estaba enterrado bajo el árbol yenoki del campo, pidió al anciano que le regalara el árbol, en recuerdo de su pobre perro Shiro.

Ni siquiera el malvado vecino podía negarse a una petición tan sencilla, así que accedió a entregarle el árbol bajo el que yacía Shiro. El amo de Shiro cortó el árbol y se lo llevó a casa. Con el tronco hizo un mortero. En este, su mujer puso un poco de arroz, y él empezó a machacarlo con la intención de hacer una fiesta en memoria de su perro Shiro.

Ocurrió algo extraño. Su mujer puso el arroz en el mortero, y apenas empezó a machacarlo para hacer las tortas, empezó a aumentar gradualmente su cantidad hasta quintuplicar la original, y las tortas salían del mortero como si una mano invisible estuviera trabajando.

Cuando el anciano y su mujer presenciaron aquello, comprendieron que era una recompensa de Shiro por el amor fiel que le habían profesado. Probaron las tortas y les parecieron mejores que cualquier otro alimento. A partir de ese momento, no volvieron a preocuparse por la comida, pues vivían de las tortas que el mortero no cesaba de proporcionarles.

El codicioso vecino, al enterarse de aquel nuevo golpe de buena suerte, se llenó de envidia, como antes, y acudió al anciano a pedirle permiso para tomar prestado el maravilloso mortero durante un breve tiempo, fingiendo que él también lamentaba la muerte de Shiro y que deseaba hacer tortas para una fiesta en memoria del perro. El anciano no deseaba en absoluto prestárselo a su cruel vecino, pero fue demasiado amable para negarse. Así que el envidioso se llevó el mortero a casa, pero nunca lo devolvió.

Pasaron varios días, y el amo de Shiro esperó en vano el mortero, así que fue a ver al prestatario y le pidió que tuviera la bondad de devolverle el mortero, si había terminado con él. Lo encontró sentado junto a un gran fuego hecho con trozos de madera. En el suelo había algo que se parecía mucho a los trozos de un mortero roto. A la pregunta del anciano, el malvado vecino respondió con altanería:

—¿Has venido a pedirme tu mortero? Lo rompí en pedazos, y ahora estoy haciendo fuego con la leña, pues cuando intenté machacar tortas en él, solo salía una masa que olía de manera horrible.

Repuso el buen anciano:

—Lo siento mucho. Es una lástima que no me pidieras tortas, si las querías. Te habría dado todas las que hubieras querido. Ahora, por favor, dame las cenizas del mortero, pues deseo conservarlas en recuerdo de mi perro.

El vecino accedió de inmediato, y el anciano se llevó a casa una cesta llena de cenizas.

Poco después, el anciano esparció accidentalmente algunas de las cenizas producidas por la combustión del mortero sobre los árboles de su jardín. Y ocurrió algo maravilloso.

Estaban a finales del otoño y todos los árboles habían perdido sus hojas, pero en cuanto las cenizas tocaron sus ramas, los cerezos, los ciruelos y todos los demás arbustos florecieron, de modo que el jardín del anciano se transformó de repente en una hermosa estampa de primavera. La alegría del anciano no tuvo límites y conservó cuidadosamente las cenizas restantes.

La historia del jardín del anciano se difundió, y gentes de todas partes acudían a contemplar el maravilloso espectáculo.

Un día, poco después de esto, el anciano oyó que alguien llamaba a su puerta, y al salir al porche para ver quién era, se sorprendió al ver a un Caballero allí de pie. Este Caballero le dijo que era vasallo de un gran Daimio (Conde); que uno de los cerezos favoritos del jardín de este noble se había marchitado, y que, aunque todos los que estaban a su servicio habían probado toda clase de medios para revivirlo, ninguno había surtido efecto. El Caballero se había sentido muy perplejo al ver el gran disgusto que causaba al Daimio la pérdida de su cerezo favorito. En ese momento, afortunadamente, habían oído que había un anciano milagrero que podía hacer florecer los árboles marchitos, y su Señor lo había enviado a pedir al anciano que le acompañase.

—Y te estaré muy agradecido si vienes de inmediato —añadió el Caballero—.

El buen anciano se sorprendió y mucho al oír aquello, pero siguió respetuosamente al Caballero hasta el palacio del noble.

El Daimio, que esperaba impaciente la llegada del anciano, le preguntó de inmediato, no bien le vio:

—¿Eres tú el anciano que puede hacer florecer árboles marchitos incluso fuera de temporada?

El aludido hizo una reverencia y respondió:

—¡Yo soy ese anciano!

Entonces el Daimio dijo:

—Debes hacer que ese cerezo muerto de mi jardín vuelva a florecer por medio de tus famosas cenizas. Yo te observaré.

Luego todos se dirigieron al jardín: el Daimio, sus servidores y las damas de compañía, que llevaban la espada del Daimio.

El anciano se acomodó el kimono y se dispuso a subir al árbol. Cogió la vasija de ceniza que había traído y empezó a trepar, mientras todos observaban sus movimientos con gran interés.

Por fin trepó hasta el lugar donde el árbol se dividía en dos grandes ramas, y tomando posición ahí, el anciano se sentó y esparció las cenizas a diestro y siniestro por todas las ramas y ramitas.

El resultado fue maravilloso. El árbol marchito floreció de inmediato. El Daimio estaba tan lleno de alegría que parecía como si se fuera a volver loco. Se puso en pie y extendió su abanico, llamando al anciano para que bajara del árbol. Él mismo le ofreció una copa de vino llena del mejor sake, y le recompensó con mucha plata y oro, y muchos otros objetos preciosos. El Daimio ordenó que de ahí en adelante el anciano adoptase el nombre de *Hana-Saka-Jijii*, o «Anciano que Hace Florecer los Árboles», y que a partir de ese momento todos lo reconocieran por tal nombre, y lo envió a casa con grandes honores.

El malvado vecino, lo mismo que antes, se enteró de la buena fortuna del buen anciano y de todo lo que le había sucedido tan afortunadamente, y no pudo reprimir toda la envidia y los celos que llenaban su corazón. Recordaba cómo había fracasado en su intento de encontrar las monedas de oro, y luego en la fabricación de los pasteles mágicos; pero esta vez seguramente tendría éxito si imitaba al anciano, que hacía florecer los árboles marchitos simplemente esparciendo ceniza sobre ellos. Esta sería la tarea más sencilla de todas.

Así que se puso manos a la obra y recogió todas las cenizas que quedaban en la chimenea tras la quema del maravilloso mortero. Luego, partió con la esperanza de encontrar algún hombre de posición que le diera empleo, gritando en voz alta a medida que avanzaba:

—¡Aquí llega el milagrero que puede hacer florecer los árboles marchitos! ¡Aquí viene el anciano que puede hacer florecer árboles muertos!

El Daimio en su Palacio oyó este grito y dijo:

—*Debe de tratarse de Hana-Saka-Jijii.* No tengo nada que hacer hoy. Pongamos a prueba su arte de nuevo; me será grato observarlo.

Así que los criados salieron y llevaron al suplantador ante su Señor. Es fácil de imaginar ahora la satisfacción del anciano impostor.

Pero al Daimio, al verlo, le pareció extraño que no se pareciera en nada al anciano que había conocido con anterioridad, así que le preguntó:

—¿Eres tú el hombre al que llamé *Hana-Saka-Jijii*?

Y el vecino envidioso respondió con una mentira:

—¡Sí, mi Señor!

—¡Qué extraño! —exclamó el Daimio—. ¡Pensaba yo que solo había un Hana-Saka-Jijii en el mundo! ¿Tiene ahora algunos discípulos?

—Yo soy el verdadero *Hana-Saka-Jijii.* El que vino a verte antes no era más que mi discípulo —replicó a su vez el viejo.

—Entonces debes de ser más hábil que el otro. ¡Demuestra lo que puedes hacer y veamos!

El vecino envidioso, con el Daimio y su Corte siguiéndole, fue entonces al jardín, y acercándose a un árbol muerto, sacó un puñado de las cenizas que llevaba consigo y las esparció sobre el árbol. Pero no solo el árbol no floreció, sino que ni siquiera brotó de él un capullo. Pensando que no había utilizado suficiente ceniza, el anciano cogió puñados y los esparció de nuevo sobre el árbol marchito. Pero todo fue en vano. Tras intentarlo varias veces, las cenizas llegaron a los ojos del Daimio. Esto lo enfureció sobremanera, y ordenó a sus criados que detuvieran de inmediato al falso *Hana-Saka-Jijii* y lo encarcelaran por impostor. Al malvado viejo nunca lo liberaron de su prisión. Así fue como finalmente recibió el castigo por todas sus maldades.

Sin embargo, el buen anciano, con el tesoro de monedas de oro que Shiro había encontrado para él, así como con todo el oro y la plata que el Daimio tan generosamente le había entregado, se convirtió en un hombre rico y próspero en su vejez, y vivió una vida larga y feliz, querido y respetado por todos.

EL ESPEJO DE MATSUYAMA: UNA HISTORIA DEL ANTIGUO JAPÓN

Hace muchos años, en el antiguo Japón, vivían en la provincia de Echigo, que es una zona muy remota incluso en estos días, un hombre y su esposa. Cuando comienza esta historia, llevaban casados algunos años y habían sido bendecidos con una hija pequeña. Esta última era la alegría y el orgullo de la vida de ambos, y en ella fiaban para tener una fuente inagotable de felicidad para su vejez.

¡Qué días, grabados con letras de oro en su memoria, eran esos que habían marcado el transcurso de su infancia!: la visita al templo, hecha cuando solo contaba con treinta días, con su orgullosa madre llevándola en kimono ceremonial para ponerla bajo el patrocinio del dios de la familia; después, su primera fiesta de muñecas, cuando sus padres le regalaron un juego de muñecas y sus pertenencias en miniatura, que se iría ampliando año tras año; y quizás la ocasión más importante de todas, en su tercer cumpleaños, cuando se ciñó su primer *obi* (faja ancha de brocado) de color escarlata y dorado alrededor de su pequeña cintura, señal de que había cruzado el umbral de la niñez y dejado atrás la infancia. Ahora que ya tenía siete años, y había aprendido a hablar y a atender a sus padres en esos pequeños detalles tan queridos por los progenitores cariñosos, la copa de la felicidad de estos parecía colmada. No se podía encontrar en todo el Imperio Insular una pequeña familia más feliz.

Un día, se produjo gran agitación en el hogar, pues el padre había sido llamado repentinamente a la capital por asuntos de negocios. En estos días de ferrocarril y jinrickshas y otras formas rápidas de viajar, es difícil darse cuenta de lo que significaba un viaje como el que había que hacer de Matsuyama a Kioto. Los caminos eran ásperos y malos, y la gente corriente tenía que caminar todo el trayecto, tanto si la distancia era de cien como de varios cientos de kilómetros. De hecho, en aquellos días era una aventura tan grande ir a la capital como lo es ahora para un japonés hacer un viaje a Europa.

Así que la esposa se mostraba de lo más alterada mientras ayudaba a su marido a prepararse para el largo viaje, sabiendo la ardua tarea que le esperaba. Deseaba con todas sus fuerzas poder acompañarlo, pero la distancia era demasiado grande para la madre y la hija, y además la esposa tenía el deber de cuidar del hogar.

Por fin, todo estuvo listo, y el marido se encontró en el porche, con su pequeña familia a su lado.

—No te preocupes, volveré pronto —dijo el hombre—. Mientras estoy fuera, cuida de todo, y especialmente de nuestra hijita.

—Sí, nosotras estaremos bien; pero tú... tú debes cuidarte y no demorar ni un día en volver a nuestro lado —dijo la esposa mientras las lágrimas caían como lluvia de sus ojos.

La niña fue la única que sonrió, pues ignoraba la tristeza de la despedida y no sabía que ir a la capital no era lo mismo que caminar hasta el pueblo de al lado, cosa que su padre hacía muy a menudo. Corrió a su lado y se agarró a su larga manga para retenerlo un momento.

—Padre, me portaré muy bien mientras espero a que vuelvas; así que, por favor, tráeme un regalo.

Cuando el padre se volvió para mirar por última vez a su llorosa esposa y a su sonriente y ansiosa hija, sintió como si alguien le tirase de los pelos, tan difícil le resultaba dejarlas atrás, pues nunca antes se habían separado. Pero sabía que debía ir, pues la llamada era imperativa. Con un gran esfuerzo dejó de darle vueltas al asunto, y girándose con decisión, atravesó rápidamente el pequeño jardín y salió por la puerta. Su mujer, cogiendo a la niña en sus brazos, corrió hasta esa puerta y lo observó mientras bajaba por el camino entre los pinos, hasta que se perdió en la bruma de la distancia y todo lo que ella podía ver era su pintoresco sombrero picudo, y al final también eso desapareció.

—Ahora que papá se ha ido, tú y yo debemos ocuparnos de todo hasta que vuelva —dijo la madre mientras regresaban a la casa.

—Sí, seré muy buena —dijo la niña, asintiendo con la cabeza—, y cuando papá vuelva a casa, por favor, dile lo buena que he sido, y entonces tal vez me haga un regalo.

—Seguro que papá te trae algo de lo que tanto deseas. Lo sé, porque le pedí que te trajera una muñeca. Debes pensar en padre todos los días, y rezar para que tenga un buen viaje hasta su regreso.

—Oh, sí, cuando él vuelva a casa, ¡qué feliz seré! —dijo la niña batiendo palmas, y su rostro se iluminó de alegría ante aquel feliz pensamiento.

Al contemplar el rostro de la niña, a la madre le pareció que su amor por ella se hacía todavía más grande.

Luego se puso manos a la obra para confeccionar la ropa de invierno para los tres. Preparó su sencilla rueca de madera y dispuso el hilo antes de empezar a tejer las telas. En los descansos en su trabajo, supervisaba los juegos de la niña y le enseñaba a leer las viejas historias de su tierra. De este modo, la esposa encontraba consuelo en el trabajo, durante los solitarios días de ausencia de su marido. Mientras el tiempo pasaba rápidamente en el tranquilo hogar, el marido terminó sus asuntos y regresó.

Habría sido difícil reconocerlo para cualquiera que no lo hubiese conocido bien. Había viajado día tras día, expuesto a todas las inclemencias del tiempo, durante cerca de un mes en total, y estaba quemado por el sol al punto de que su piel tenía el tono del bronce, pero su cariñosa esposa y su hija lo reconocieron a primera vista y volaron a su encuentro, una por cada lado, agarrándose cada una a una de sus mangas en su ansioso saludo. Tanto el hombre como su mujer se alegraron de encontrarse bien. A todos les pareció que había transcurrido mucho tiempo hasta que, con la ayuda de la madre y la niña, le desataron las sandalias de paja, le quitaron el gran sombrero y él se encontró de nuevo en el viejo y familiar salón que tan vacío había estado durante su ausencia.

En cuanto se hubieron sentado en las blancas esteras, el padre abrió una cesta de bambú que había traído consigo y sacó una hermosa muñeca, así como una caja lacada llena de pasteles.

—Toma —dijo a la niña—, un regalo para ti. Es un premio por cuidar tan bien de mamá y de la casa mientras he estado fuera.

—Gracias —dijo la niña inclinando la cabeza, y luego extendió la mano, que era como una hojita de arce, con los dedos bien abiertos y ansiosos, para coger la muñeca y la caja, que como provenían de la capital, eran más bonitas que cualquier cosa que hubiera visto nunca. No hay palabras para describir la alegría de la niña; parecía que se le fuera a derretir la cara de gozo, y no tenía ojos ni pensamientos para nada más.

El marido volvió a rebuscar en la cesta y sacó una caja cuadrada de madera, cuidadosamente atada con un cordel rojo y blanco:

—Y esto es para ti.

La mujer cogió la caja y, abriéndola con cuidado, sacó un disco de metal con un asa. Una de sus caras brillaba como el cristal y la otra estaba cubierta de figuras de pinos y cigüeñas, talladas en su superficie lisa con gran realismo. Nunca había visto ella algo así en su vida, pues había nacido y crecido en la provincia rural de Echigo. Contempló el brillante disco y, con la sorpresa y el asombro reflejados en su rostro, dijo:

—¡Veo a alguien mirándome en esta cosa redonda! ¿Qué es lo que me has dado?

El marido se echó a reír y dijo:

—Pues es tu propia cara la que ves. Lo que te he traído se llama «espejo», y quien se mira en su superficie limpia puede ver su propia forma reflejada en él. Aunque no hay ninguno en este lugar apartado, se han utilizado en la capital desde los tiempos más remotos.

»Allí se considera que el espejo es un requisito más que necesario entre los bienes que debe poseer una mujer. Hay un viejo proverbio que dice: «Así como la espada es el alma de un samurái, el espejo es el alma de una mujer», y según la tradición popular, el espejo de una mujer es un indicador de su propio corazón: si lo mantiene brillante y claro, su corazón es puro y bueno. También es uno de los tesoros que distinguen al Emperador. Así que debes dar mucha importancia a tu espejo y usarlo con cuidado.

La mujer escuchó todo cuanto su marido le contaba y se alegró de aprender tantas cosas nuevas para ella. Y aún le agradó más el precioso regalo que le había hecho: una muestra de que la había estado recordando mientras estaba ausente.

—Si el espejo representa mi alma, lo atesoraré como una posesión valiosa y nunca lo usaré con descuido —diciendo esto, lo levantó hasta la altura de su frente, en agradecimiento por el regalo, para luego guardarlo en su caja.

La esposa se dio cuenta de que su marido estaba muy cansado, y se puso a servir la cena y a hacer que todo fuera lo más cómodo posible para él. A la pequeña familia le pareció como si no hubieran conocido antes la verdadera felicidad, de tan contentos que estaban de estar juntos de nuevo, y esa noche el padre tenía mucho que contar de su viaje y de todo lo que había visto en la gran capital.

El tiempo transcurrió en el apacible hogar, y los padres vieron colmadas sus mayores esperanzas cuando su hija creció desde la infancia hasta convertirse en una hermosa muchacha de dieciséis años. Como una joya de valor incalculable en manos de su orgulloso propietario, así la habían criado ellos con incesante amor y cuidado, y ahora sus esfuerzos se veían doblemente recompensados. Qué reconfortante era para su madre, cuando iba por la casa participando en las tareas domésticas, y qué orgulloso estaba su padre de ella, porque cada día le recordaba a su madre cuando se casó con ella.

Pero, ¡ay!, en este mundo nada dura para siempre. Ni siquiera la luna tiene siempre una forma perfecta, sino que pierde su redondez con el tiempo, y las flores florecen y luego se marchitan. Así que al final la felicidad de esta familia se rompió en una gran pena. La buena y gentil esposa y madre enfermó un día.

En los primeros días de su enfermedad, el padre y la hija pensaron que solo se trataba de un resfriado, y no se preocuparon demasiado. Pero pasaban los días y la madre seguía sin mejorar; no hacía más que empeorar, y el médico estaba desconcertado pues, a pesar de todo lo que hacía, la pobre mujer se debilitaba día a día. El padre y la hija estaban desconsolados, y ni de día ni de noche la niña se separaba de su madre. Pero a pesar de todos los esfuerzos, la vida de la mujer no se salvó.

Un día, mientras la niña estaba sentada junto a la cama de su madre, tratando de ocultar con una alegre sonrisa la angustia que le corroía el corazón, la madre se despertó y, cogiendo la mano de su hija, la miró seria y cariñosamente a los ojos. Su respiración era agitada y hablaba con dificultad:

—Hija mía, estoy segura de que ya nada puede salvarme. Cuando muera, prométeme que cuidarás de tu querido padre y que intentarás ser una mujer buena y obediente.

—Oh, madre —contestó la muchacha mientras las lágrimas se agolpaban en sus ojos—, no debes decir esas cosas. Todo lo que tienes que hacer es apresurarte en ponerte bien, eso nos traerá la mayor felicidad a padre y a mí.

—Sí, lo sé, y es un consuelo para mí en mis últimos días saber cuánto anhelas que me mejore, pero no será así. No os entristezcáis tanto, porque en mi anterior estado de existencia quedó ordenado que yo muriese en esta vida precisamente en este momento y, sabiéndolo, me resigno a mi destino. Y ahora tengo algo que darte para que me recuerdes cuando me haya ido.

Alargando la mano, sacó del lado de la almohada una caja cuadrada de madera atada con un cordón de seda y borlas. Desatándolo con mucho cuidado, sacó de la caja el espejo que su marido le había regalado años atrás.

—Cuando aún eras pequeña, tu padre fue de viaje a la capital y me trajo de regalo este tesoro; se llama «espejo». Te lo regalo antes de morir. Si después de que yo haya dejado esta vida te sientes sola y anhelas verme de vez en cuando, entonces saca este espejo y en la superficie clara y brillante me verás siempre;

así podrás encontrarte conmigo a menudo y contarme todo lo que sientes; y aunque yo no pueda hablar, te comprenderé y simpatizaré contigo, sea lo que sea lo que te ocurra en el futuro.

Con tales palabras la moribunda entregó el espejo a su hija.

La mente de la buena madre parecía por fin descansar y, recostándose ella sin más palabras, su espíritu la abandonó con sosiego en ese día.

Los desconsolados padre e hija estaban fuera de sí por el dolor y se abandonaron a su amarga pena. Les parecía imposible despedirse de la mujer amada que hasta entonces había llenado toda su vida, y entregar su cuerpo a la tierra. Pero ese frenético arrebato de dolor pasó, y luego volvieron a tomar posesión de sus propios corazones, aunque abrumados a la par que llenos de resignación. A pesar de todo, la vida le parecía a la hija desolada. Su amor por su difunta madre no disminuía con el tiempo, y tan vivo era su recuerdo, que todo en la vida cotidiana, incluso la caída de la lluvia y el soplar del viento, le recordaba la muerte de su madre, y todo lo que habían amado y compartido juntas. Un día en que su padre había salido y ella estaba sola cumpliendo con sus obligaciones domésticas, su soledad y tristeza le parecían más de lo que podía soportar. Se tiró al suelo en la habitación de su madre y lloró como si se le fuera a romper el corazón. Pobre niña, solo deseaba echar una mirada al rostro amado, un sonido de la voz que la llamaba por su nombre, u olvidar por un momento el doloroso vacío de su corazón. De repente se incorporó. Las últimas palabras de su madre resonaron en su memoria hasta entonces embotada por el dolor.

—¡Ay! Mi madre me dijo, cuando me dio el espejo como regalo de despedida, que siempre que me mirase en él podría encontrarme con ella, verla. Casi había olvidado sus últimas palabras... ¡Qué tonta soy! ¡Cogeré ahora el espejo y veré si es posible que sea eso verdad!

Se secó los ojos con rapidez y, dirigiéndose al armario, sacó la caja que contenía el espejo, con el corazón latiéndole lleno de expectación mientras levantaba el espejo y contemplaba su terso rostro. ¡He aquí que las palabras de su madre eran ciertas! En el espejo redondo que tenía delante vio el rostro de su madre; pero, ¡oh, qué alegre sorpresa! No era su madre, delgada y demacrada por la enfermedad, sino la mujer joven y hermosa que ella recordaba en los días de su más tierna infancia. A la muchacha le pareció que el rostro del espejo no tardaría en hablar, y fue casi como si oyera la voz de su madre diciéndole de nuevo que se convirtiera en una buena mujer y en una hija obediente, pues los ojos del espejo la miraban en los suyos propios.

«Desde luego, es el alma de mi madre lo que veo. Sabe lo desgraciada que soy sin ella y ha venido a consolarme. Siempre que anhele verla, ella se reunirá conmigo aquí; ¡cuán agradecida debo sentirme!».

Y a partir de ese momento el peso de la pena se aligeró enormemente para su joven corazón. Todas las mañanas, para tomar fuerzas para llevar a cabo los deberes del día que tenía por delante, y todas las noches, para consolarse antes de acostarse a descansar, la joven sacaba el espejo y miraba el reflejo que, en la sencillez de su inocente corazón, creía que era el alma de su madre. Cada día su carácter se parecía más al de su difunta madre, y era gentil y amable con todos, y una hija obediente con su padre.

Había transcurrido ya un año de luto en la pequeña casa, cuando, por consejo de sus parientes, el hombre se casó de nuevo, y la hija se encontró ahora bajo la autoridad de una madrastra. Era una situación difícil, pero los días que había pasado recordando a su querida madre y tratando de ser lo que esa madre hubiera querido que fuera habían hecho a la joven dócil y paciente, y ahora estaba decidida a ser filial y obediente con la esposa de su padre en todos los aspectos. Todo marchó aparentemente bien en la familia durante algún tiempo bajo el nuevo régimen; no había vientos ni olas de discordia que agitaran la superficie de la vida cotidiana, y el padre estaba contento.

Pero el peligro de una mujer es ser mezquina y ruin, y las madrastras son proverbiales en tal cuestión, en todo el mundo, y el corazón de esta no era como sus primeras sonrisas daban a entender. A medida que los días y las semanas se convirtieron en meses, la madrastra empezó a tratar a la huérfana de madre con poca amabilidad y a intentar interponerse entre el padre y la niña.

A veces iba a ver a su marido y se quejaba del comportamiento de su hijastra, pero el padre, sabiendo que eso era de esperar, no hacía caso de sus quejas malintencionadas. En lugar de disminuir su afecto por su hija, como deseaba la mujer, sus quejas solo le hacían pensar más en ella. La mujer pronto vio que empezaba a preocuparse más que antes por su solitaria hija. Tal cosa no le agradó en absoluto, y empezó a dar vueltas en la cabeza a cómo podría, por un medio u otro, echar a su hijastra de casa. Así de torcido se volvió el corazón de la mujer.

Vigilaba atentamente a la chica, y un día, espiando en su habitación de madrugada, creyó descubrir un pecado lo bastante grave como para acusar a la chica ante su padre. La propia mujer también estaba de verdad un poco asustada por lo que había visto.

Así que fue enseguida a ver a su marido y, enjugándose unas lágrimas falsas, le dijo con voz triste:

—Por favor, dame permiso para marcharme hoy mismo de aquí.

Al hombre le pilló por sorpresa lo repentino de su petición y se preguntó qué le ocurría.

—¿Tan desagradable te resulta estar en mi casa —preguntó él—, que no puedes quedarte en ella más tiempo?

—¡No! ¡No! No tiene nada que ver contigo; ni siquiera en sueños he pensado nunca que deseara irme de tu lado; pero si sigo viviendo aquí, corro peligro de perder la vida, ¡así que creo que lo mejor para todos es que me permitas volver a casa!

Y la mujer se echó a llorar de nuevo. Su marido, afligido al verla tan desgraciada, y pensando que no había oído bien, dijo:

—¡Dime qué es lo que quieres decir! ¿Qué es eso de que tu vida está en peligro aquí?

—Te lo diré, ya que me lo pides. A tu hija le desagrado como madrastra. Desde hace algún tiempo, se encierra en su habitación mañana y tarde, y también cuando me ve pasar, y estoy convencida de que ha hecho una imagen de mí y trata de matarme mediante artes mágicas, maldiciéndome a diario. No es seguro para mí permanecer aquí, tal como están las cosas; de hecho, debo irme, no podemos vivir más bajo el mismo techo.

El marido prestó atención a tan terrible historia, aunque no podía creer que su dulce hija fuera culpable de un acto tan malvado. Sabía que, llevada de la superstición popular, la gente creía que una persona podía causar la muerte gradual de otra haciendo una imagen de la persona odiada y maldiciéndola a diario; pero ¿dónde podía haber adquirido su joven hija semejante conocimiento? Sin embargo, recordaba haber notado que últimamente su hija permanecía mucho tiempo en su habitación y se mantenía alejada de todo el mundo, incluso cuando llegaban visitas a la casa. Al sumar este hecho a la alarma de su esposa, pensó que podía haber algo que explicara la extraña historia. Su corazón se debatía entre dudar de su mujer y confiar en su hija, y no sabía qué hacer. Decidió ir sin dilación a ver a su hija y tratar de averiguar la verdad. Tras consolar a su mujer y asegurarle que sus temores eran infundados, se escabulló silenciosamente hasta la habitación de su hija.

La muchacha había sido muy desgraciada durante mucho tiempo. Mediante la amabilidad y la obediencia, había intentado demostrar su buena voluntad y apaciguar a la nueva esposa, así como derribar el muro de prejuicios e incomprensión que, como sabía, solía existir entre los padrastros y sus hijastros. Pero pronto descubrió que sus esfuerzos eran en vano. La madrastra en ningún modo confiaba en ella y parecía malinterpretar todas sus acciones, y la pobre niña sabía muy bien que a menudo le contaba a su padre historias desagradables y falsas sobre ella. No podía evitar comparar su desdichada situación actual con la época en que su madre vivía, hacía poco más de un año. Lloraba mañana y tarde llevada de la nostalgia. Siempre que podía, iba a su habitación y, deslizando los paneles, sacaba el espejo y contemplaba, pensativa, el rostro de su madre. Era el único consuelo del que disponía en aquellos desdichados días.

Su padre la encontró así ocupada. Al apartar el *fusama*, la vio inclinada, completamente absorta, sobre algo. Al mirar por encima del hombro para ver quién entraba en su habitación, la muchacha se sorprendió de ver a su padre, pues generalmente la mandaba llamar cuando quería hablar con ella. También se sintió confusa al verse sorprendida mirando al espejo, pues nunca había contado a nadie la última promesa de su madre, sino que la había guardado como el secreto sagrado de su corazón. Así que, antes de volverse hacia su padre, se metió el espejo en la manga larga. Su padre, al notar su confusión y su intención de ocultar algo, le dijo con severidad:

—Hija, ¿qué estás haciendo aquí? ¿Y qué es eso que llevas escondido en la manga?

La chica se asustó por la severidad de su padre. Nunca le había hablado en ese tono. Su confusión se convirtió en aprensión, su color pasó del escarlata al blanco. Se quedó muda y avergonzada, incapaz de responder.

Las apariencias estaban ciertamente en su contra; la joven parecía culpable, y el padre, pensando que tal vez, después de todo, era cierto lo que su mujer le había dicho, habló lleno de ira:

—Así que ¿es realmente cierto que maldices a diario a tu madrastra y rezas por su muerte? ¿Has olvidado lo que te dije, que, aunque sea tu madrastra, debes serle obediente y leal? ¿Qué espíritu maligno se ha apoderado de tu corazón para que seas tan perversa? ¡Ciertamente has cambiado, hija mía! ¿Qué te ha hecho tan desobediente e infiel?

Y los ojos del padre se llenaron de súbitas lágrimas al pensar que debía reprender así a su hija.

Ella, por su parte, no sabía a qué se refería, pues nunca había oído hablar de la superstición según la cual, rezando a una imagen, es posible causar la muerte de una persona odiada. Pero comprendió que debía hablar y aclararse de algún modo. Quería mucho a su padre y no podía soportar la idea de su ira. Le puso la mano en la rodilla con humildad:

—¡Padre! ¡Padre! No me digas cosas tan terribles. Sigo siendo tu hija obediente. Puedes jurar que lo soy. Por muy estúpida que sea, nunca sería capaz de maldecir a nadie que fuese algo tuyo y mucho menos de rezar por la muerte de alguien a quien amas. Seguramente alguien te ha estado contando mentiras y estás confundido, y no sabes lo que dices; o algún espíritu maligno se ha apoderado de tu corazón. En cuanto a mí, no sé —no, ni siquiera una migaja— de la maldad de que me acusas.

Pero el padre recordó que ella había escondido algo cuando él entró por primera vez en la habitación, y ni siquiera una protesta tan fervorosa lo satisfizo. Quería aclarar sus dudas de una vez por todas.

—Entonces, ¿por qué estás siempre sola en tu habitación estos días? Y dime qué es eso que llevas escondido en la manga; enséñamelo de una vez.

Entonces la hija, aunque reacia a confesar cómo había acariciado el recuerdo de su madre, comprendió que debía contárselo todo a su padre para aclararse. Así que sacó el espejo de su manga larga y se lo puso delante.

—Esto —dijo— es lo que me has visto mirando hace un momento.

—¡Vaya! —repuso él, más que sorprendido—. ¡Este es el espejo que traje de regalo a tu madre cuando viajé a la capital hace muchos años! ¿Y lo has conservado todo este tiempo? ¿Por qué pasas tanto tiempo ante este espejo?

Entonces, ella le contó las últimas palabras de su madre y cómo le había prometido encontrarse con su hija cada vez que se mirara en el espejo. Pero el padre seguía sin comprender la sencillez de carácter de su hija, al no saber esta que lo que veía reflejado en el espejo era en realidad su propio rostro y no el de su madre.

—¿Qué quieres decir? —preguntó—. No entiendo cómo puedes encontrarte con el alma de tu madre, que se fue, cuando te miras en este espejo.

—Es verdad —respondió la muchacha—. Y si no crees lo que te digo, míralo tú mismo.

Y colocó el espejo ante su propio rostro. Allí, observando desde el liso disco de metal, estaba su dulce rostro. Señaló con seriedad el reflejo:

—¿Todavía dudas de mí? —preguntó ella con ansiedad, mirándole a la cara.

Con una exclamación de súbita comprensión, el padre batió palmas.

—¡Pero qué estúpido soy! Por fin lo entiendo. Tu cara es tan parecida a la de tu madre como las dos mitades de un melón; por eso has contemplado el reflejo de tu cara todo este tiempo, pensando que te encontrabas cara a cara con tu madre perdida. Eres verdaderamente una hija devota. A primera vista, parece una estupidez, pero en realidad no lo es. Demuestra cuán profunda ha sido tu piedad filial y cuán inocente es tu corazón. Vivir con el constante recuerdo de tu madre perdida te ha ayudado a crecer como ella en carácter. Qué inteligente fue ella al decirte que hicieras esto. Te admiro y te respeto, hija mía, y me avergüenzo al pensar que por un instante creí la historia de tu desconfiada madrastra y sospeché que eras mala, y vine con la intención de regañarte severamente, mientras que todo este tiempo has sido tan sincera y buena. No tengo excusa que darte y te ruego que me perdones.

Y entonces el padre se echó a llorar. Pensó en lo sola que debía de estar la pobre muchacha y en todo lo que debió de sufrir bajo el trato de su madrastra. El hecho de que su hija mantuviera firmemente su fe y su sencillez en medio de circunstancias tan adversas, soportando todos sus problemas con tanta paciencia y amabilidad, le hizo compararla con el loto que hace brotar su flor de deslumbrante belleza del fango y el barro de los fosos y estanques, como símbolo apropiado de un corazón que se mantiene inmaculado mientras pasa por el mundo.

La madrastra, ansiosa por saber qué iba a ocurrir, había permanecido todo ese tiempo fuera de la habitación. Se había interesado y había ido empujando gradualmente la mampara corrediza hasta que pudo ver todo lo que ocurría. En ese momento, entró de repente en la habitación y, dejándose caer sobre las alfombras, inclinó la cabeza con las manos extendidas hacia su hijastra.

—¡Estoy avergonzada! ¡Estoy avergonzada! —exclamó con tono entrecortado—. No sabía lo buena hija que eres. Sin culpa por tu parte, sino con el corazón celoso de una madrastra, he estado disgustada contigo todo el tiempo. Odiándote tanto yo misma, era natural que pensara que tú correspondías a ese sentimiento, y así, cuando te vi retirarte tan a menudo a tu habitación, te seguí, y cuando te vi mirarte diariamente en el espejo durante largos intervalos, concluí que te habías enterado de lo poco que me gustabas, y que por venganza intentabas quitarme la vida mediante las artes de la magia. Mientras viva, nunca olvidaré el daño que te causé al juzgarte tan mal y al hacer que tu padre sospechara de ti. Desde hoy desecho mi antiguo y perverso corazón y, en su lugar, pongo uno nuevo, limpio y lleno de arrepentimiento. Pensaré en ti como en una hija que yo misma hubiera engendrado. Te amaré y cuidaré con todo mi corazón, y así trataré de compensar toda la infelicidad que te he causado. Por lo tanto, por favor, arroja al agua todo lo que ha pasado antes, y dame, te lo ruego, un poco del amor filial que hasta ahora has dado a tu propia madre perdida.

Así se humilló la cruel madrastra y pidió perdón a la muchacha a la que tanto había agraviado.

Tal era la dulzura del carácter de la muchacha, que perdonó de buen grado a su madrastra, sin guardar, a partir de entonces, ni un momento de rencor o malicia hacia ella. El padre vio en el rostro de su esposa que estaba verdaderamente arrepentida de lo ocurrido, y se sintió muy aliviado al ver que el terrible malentendido quedaba borrado del recuerdo tanto de la agraviada como de la ofensora.

A partir de entonces, los tres vivieron juntos tan felices como peces en el agua. Nunca más volvió a surgir un problema semejante en el hogar, y la joven fue superando poco a poco aquel año de infelicidad gracias al tierno amor y los cuidados que ahora le dispensaba su madrastra. Su paciencia y bondad se vieron recompensadas al fin.

NOTA SOBRE LAS FUENTES

——

Estos relatos proceden de dos colecciones publicadas a principios del siglo XX. Lafcadio Hearn (1850-1904), el autor de *Kwaidan*, nació en Grecia y vivió en Irlanda y Estados Unidos antes de establecerse en Japón y nacionalizarse. En su libro, consignó cuentos de narradores orales y tradujo las versiones escritas existentes. Yei Theodora Ozaki (1871-1932), autora de *Japanese Fairy Tales*, era mitad japonesa, mitad inglesa y vivió la mayor parte de su vida en Japón. Para su colección, transcribió cuentos de Sadanami Sanjin y Shinsui Tamenaga, así como una historia de la obra clásica *Taketori Monogatari*. Los cuentos de este libro han sido extraídos de las siguientes ediciones de *Kwaidan* y *Japanese Fairy Tales*, ambas de dominio público:

Hearn, Lafcadio. ***Kwaidan***: *Stories and Studies of Strange Things*. Reimpresión de la edición de Houghton Mifflin Company, 1911. Edición de Boston y Nueva York. Internet Archive, 2013: https://archive.org/details/kwaidanstoriesst00hear

Ozaki, Yei Theodora. *Japanese Fairy Tales*. Reimpresión de Grosset & Dunlap, 1903. Edición de Nueva York. Internet Archive, 2007: https://archive.org/details/japanesefairytal00ozak.

FUENTES

———

«El sueño de Akinosuké». De *Kwaidan*, de Lafcadio Hearn.

«La medusa y el mono». De *Japanese Fairy Tales*, de Yei Theodora Ozaki.

«Momotaro, o la historia del hijo de un melocotón». De *Japanese Fairy Tales*, de Yei Theodora Ozaki.

«El Cazador Afortunado y el Pescador Habilidoso». De *Japanese Fairy Tales*, de Yei Theodora Ozaki.

«El cortador de bambú y la niña de la Luna». De *Japanese Fairy Tales*, de Yei Theodora Ozaki.

«La historia de Mimi-Nashi-Hōïchi». De *Kwaidan*, de Lafcadio Hearn.

«Yuki-Onna». De *Kwaidan*, de Lafcadio Hearn.

«Diplomacia». De *Kwaidan*, de Lafcadio Hearn.

«Mujina». De *Kwaidan*, de Lafcadio Hearn.

«Un secreto mortal». De *Kwaidan*, de Lafcadio Hearn.

«Rokuro-Kubi». De *Kwaidan*, de Lafcadio Hearn.

«El gorrión de la lengua cortada». De *Japanese Fairy Tales*, de Yei Theodora Ozaki.

«El granjero y el tejón». De *Japanese Fairy Tales*, de Yei Theodora Ozaki.

«La historia del anciano que hizo florecer árboles marchitos». De *Japanese Fairy Tales*, de Yei Theodora Ozaki.

«El espejo de Matsuyama: una historia del viejo Japón». De *Japanese Fairy Tales*, de Yei Theodora Ozaki.